DU MÊME AUTEUR

Maribas ou les balles bondissantes (2020)

SOUS DES CIEUX
VERT ABSINTHE

JEAN YANAUDEL

Je sens l'aventure dans l'air […] mais nous sommes fatigués de l'aventure, n'est-ce pas ? Pas question. Nous passerons notre chemin et ne chercherons à percer aucun mystère; vous êtes bien d'accord ?

Vous croyez que, si nous nous trouvons face à face avec des personnages extraordinaires, en plein mystère, nous détournerons la tête et dirons : « Non, merci, pas d'aventure ! » ?

Enid Blyton
Le Club des cinq au bord de la mer

TO DO LIST

☑ Guider d'abord le lecteur pour mieux le perdre ensuite

☑ Trouver un genre plus compréhensible que le « thriller fantastico-romantico-aventuro-humoristico-dramatique »

☑ Ne pas se prendre au sérieux (mais avec beaucoup de sérieux)

☑ Relire tout le *Club des Cinq*

☑ Corriger la coquille (p.117, ligne 8)

☐ Racheter des ballons de baudruche

GÉNÉRIQUE D'OUVERTURE

Fondus enchaînés	Voix-off
Un ballon de baudruche qui éclate	*Atropos-sur-Léthé en plein automne. Une Cité à l'apparence monotone.*
*	
Des lettres floutées qui apparaissent sur une grille de mots-croisés	*
*	*Et pourtant, sous des cieux vert absinthe, de désirs dévorants en extrêmes étreintes, les cadavres sortiront du placard les émotions feront le grand écart.*
Un travelling avant sur une rangée de pierres précieuses	
*	
Des volutes de fumée verte	
*	
Une bouteille d'absinthe qui se brise	

CRÉDITS

Un livre de **Jean Yanaudel**

Avec *

Emma et Dan Jacques Julia David et Éris	Dylan et Dorian Basile, Hector et Simona Eliot

Produit par **Dr Bertrand Maribas Jr.**

*** Fondu au noir ***

---

* Afin de satisfaire un lectorat avide de portraits physiques lui permettant de mieux se figurer les personnages principaux d'un récit, nous avons décidé d'en proposer une brève description en note de bas de page au moment où ceux-ci apparaissent au premier plan dans le roman, en s'appuyant sur les critères arbitraires suivants : l'âge, le visage, les cheveux et le corps.

UN
(FLASHBACK)

La porte, comme une invitation, était légèrement entrebâillée. En glissant un œil furtif par l'ouverture, l'angle imposé laissait imaginer le pire. Des morceaux difficilement identifiables baignaient dans un liquide rouge carmin. Mais peut-être était-ce la lumière de la pièce qui lui donnait cette teinte. En se concentrant quelque peu sur les formes éclatées au sol, on y décelait un amas de tripes, une langue toute bouffie et de la cervelle répandue autour. Cependant, la perspective était trompeuse. En ouvrant la porte de quelques centimètres supplémentaires et en modifiant l'orientation de la lumière, on découvrait deux personnes qui se faisaient face, considérant un moule à tarte échoué au fond de la salle. L'un arborait un sourire victorieux, l'autre ne pouvait rien laisser paraître de ses émotions, et pour cause : son visage en lambeaux était maculé de sang.

    — Tu m'as entarté, espèce de timbré ? cracha Basile. C'est quoi cette merde ?

– C'est la crème de la tarte, se gaussa David, qui avait passé plusieurs heures à peaufiner ses répliques pour ne manquer aucune *punchline*. Et tu connais la meilleure ? Elle a été spécialement préparée pour toi avec des abats achetés dans la boucherie de ta mère. Finalement, c'est un peu comme si ta mère elle-même te foutait une tarte.

– Mais pourquoi putain ? Qu'est-ce que je t'ai fait ?

David fixa un bref instant sur le sol l'ombre portée d'un objet indistinct.

– À moi rien, finit-il par répondre. Par contre à Eliot beaucoup trop. Je lui étais redevable et maintenant on est quittes. T'avise plus de le terroriser.

– T'es mort David. Tu m'entends ? T'es mort et c'est pas qu'une expression...

DEUX

Dan[*] se sentait comme une olive baignant dans la saumure. Poisseux, un goût salé dans la bouche, plongé dans une troublante ambiance due aux rayons du soleil qui perçaient les nuages vert absinthe et traversaient la baie vitrée. Passant des nuits chaotiques depuis son enfance, l'effet était toujours le même à son réveil. Il lui suffisait néanmoins de prendre l'air une ou deux minutes et, comme par miracle, il se sentait d'attaque pour la journée.

Dehors, le chant dissonant des oiseaux se mêlait aux coups de corne de brume des bateaux qui manifestaient leur présence, plus loin, sur le fleuve.

À peine eut-il posé le pied sur la terrasse qu'il poussa un hurlement, imitant à merveille le signal sonore strident du passage à niveau installé à quelques

---

[*] Dan souffle une bougie supplémentaire à chaque anniversaire. Son visage fait souvent bonne figure. Ses cheveux sont hirsutes au réveil et ébouriffés au coucher. Son corps n'a jamais la même corpulence selon s'il boit des bières brunes ou des infusions d'aspérule odorante.

pâtés de maison. Cette plainte se confondit avec la sonnerie du réveil d'Emma[*] qui dévala les marches trois par trois pour rejoindre Dan en moins d'une minute.

Avant de comprendre l'objet de cette lamentation, c'est sur la tenue de Dan que son regard buta. Chaussettes montantes à rayures glissées dans des babouches en faux cuir. Peignoir troué sous les aisselles fermé à l'aide d'une écharpe du *HSV* (*Hamburger Sport-Verein*). Elle ne put s'empêcher d'opérer un parallèle entre Dan et un cadeau de Noël mal emballé. Lorsque ses yeux s'habituèrent à cette vision féerique, Emma comprit enfin la raison de ce saut brutal hors du lit : Dan, en équilibre précaire sur une jambe, tentait de retirer la bogue de châtaigne plantée dans son pied droit.

– Comment tu as fait pour t'enfoncer ce truc dans le pied alors que tu as des chaussons ? furent les premiers mots prononcés par Emma en cette matinée qui débutait comme tant d'autres.

– Bonjour, d'abord, articula péniblement Dan. Y a plus de semelle sous cette babouche. Mais je les aime trop pour m'en séparer tout de suite.

Après avoir tiré sur la bogue d'un coup sec, il s'assit sur la chaise suspendue tout en se massant le pied. Il retrouva vite le sourire et, comme à l'accoutu-

---

[*] Emma a l'âge qu'on lui donne. Son visage change d'expression selon ses émotions. Ses cheveux sont souvent relevés en chignon mais, ce matin-là, ils n'étaient pas encore coiffés car elle sortait tout juste du lit. Son corps n'a jamais la même apparence selon qu'elle porte un *K-way,* un sarouel ou une chemise hawaïenne.

mée, sa lèvre supérieure resta collée à ses dents car il avait tout le temps la bouche sèche.

– Dis donc, poursuivit-il, des châtaignes, y en a par poignées sur cette terrasse !

Il attendit plein d'espoir la réaction amusée d'Emma. En vain.

– Oui, oui, Dan. Poignée de châtaigne. J'ai compris, finit-elle par lâcher, blasée.

Un bref silence s'ensuivit, permettant à Dan de détailler l'accoutrement de sa compagne. Un *legging* si lâche qu'il dévoilait une bonne partie de ses fesses et un poncho informe jeté sur un débardeur tâché de pâte de *saté*, vestige du plat de la veille. Ce qui retenait toute l'attention de Dan, c'était cette aura magique qui permettait à Emma d'être désirable en toute circonstance. Lentement, il imprima sur sa rétine des détails qui prenaient le pas sur l'apparence vestimentaire de son amoureuse. Ses cheveux négligemment placés derrière les oreilles mettant en valeur l'ovale de son visage. Ses narines qui palpitaient presque imperceptiblement laissant imaginer qu'à l'intérieur d'Emma tout pulsait, tout fourmillait, tout s'agitait. Le clair-obscur de ses mamelons sur l'étoffe blanche. La perception d'une fine ligne de poils clairs sous le nombril.

– J'ai envie de toi, annonça Dan, solennel.

– Moi aussi, gros malin. Tu sais bien que je ne peux pas résister quand tu me caresses du regard, rétorqua Emma, dévoilant par la même occasion deux petites incisives du bonheur.

Tandis que la ceinture-écharpe de Dan se dénouait tranquillement sous l'effet de son érection croissante, les épaules d'Emma retombèrent soudain et elle s'exclama :

– C'est vraiment dégueulasse !

– Pas plus que d'habitude, se défendit Dan en baissant les yeux vers son bas-ventre.

– Mais non, je parle pas de ça ! le rassura Emma. Tu sais bien que même après un jogging de deux heures je le trouve appétissant. Je parle des bouteilles de bière, du paquet de *Lucky Strike* et du flacon de *poppers* qui traînent dans le chemin.

Le chemin dont elle parlait était celui qui faisait le tour de leur maison. Il leur permettait de rentrer par le jardin mais ils ne l'utilisaient plus depuis que Dan s'y était tailladé les chevilles avec des ronces alors qu'il essayait de cueillir des mûres. Deux adolescents venaient régulièrement y fumer des joints, boire de la *Pit Caribou* et – à en croire les indices laissés derrière eux – détendre certains muscles. Ce à quoi ils s'adonnaient ne dérangeait pas Emma et Dan. Seulement, les garçons bénéficiaient d'une superbe vue sur le salon du couple qui en avait franchement ras-le-bol de devoir fermer le store les soirs où ils auraient préféré faire l'amour en regardant les étoiles. (Frileux comme l'étaient Dan et Emma, ils aimaient se câliner face à la baie vitrée, rempart à un éventuel éternuement inopportun.) Cependant, ils ne pouvaient légalement interdire l'accès du chemin aux adolescents, celui-ci ne leur appartenant pas. Il était la propriété d'un voisin, Jacques*, avec lequel ils entretenaient des relations pour le moins étranges.

*

Jacques habitait un peu plus bas dans la rue. Il vivait dans une caravane pliante garée devant sa maison. Le véhicule, contrairement à la bâtisse, était plutôt luxueux avec ses larges baies en façade, ses trois mètres de profondeur et son toit à l'épreuve des intempéries. En tout cas, il jurait totalement avec la maison délabrée aux ardoises cassées et aux vitres brisées.

Jusqu'à la fin des années quatre-vingt, Jacques était verbicruciste. À l'époque, c'était de l'artisanat : du papier, un crayon, une gomme et, surtout, beaucoup de matière grise. Puis, les logiciels de PAO ont pullulé et, comme dans tant d'autres domaines, l'informatique a supplanté l'humain. Alors, dorénavant, il n'était plus que cruciverbiste et se contentait de remplir des grilles crachées par un ordinateur à défaut d'en créer. Mais, à la différence du quidam qui griffonne sur son journal *Vingt secondes* pendant les réunions au boulot, Jacques avait un don. Selon une gymnastique mystique qu'il ne pouvait décrire par les mots, il était capable d'invoquer une force transcendantale qui s'emparait de sa main pour écrire, dans les

---

* Jacques, un homme entre deux âges, a une peau de pêche un peu trop mûre. Ses cheveux se dressent sur son crâne à la moindre contrariété. Son corps n'a jamais la même taille selon s'il se tient droit, le matin, ou voûté, le soir.

cases des grilles de mots-croisés, des prédictions. Pas n'importe lesquelles, non. Des prédictions vitales sur l'avenir. Jacques était un devin. Un oracle. Un prophète. Bref, mettons-nous d'accord sur le terme employé, c'était un vaticinateur. Ces faits – son passé de verbicruciste et son actuel don de prophète cruciverbiste oracularo-divinateur –, il les avait racontés à Emma et Dan lors de leur première rencontre.

Le jour de la signature de l'acte de vente de leur maison, au moment précis où Dan posait la mine de son crayon sur le papier officiel, Jacques avait fait irruption dans l'office notarial et crié :

– Arrêtez tout ! Cette vente ne peut pas avoir lieu et j'en ai la preuve formelle. Écoutez ce qui vient d'apparaître sur ma grille de mots-croisés. *Vente. Maison. Sardane. Insoutenable. Douiller.* C'est évident, non ? La vente de la maison rue de Sardane – ça ne peut être que la vôtre – est insoutenable. Vous allez douiller.

Puis, il s'était arrêté net, avait plissé les yeux et tâté sa poche de pantalon en soupirant. Il en avait sorti une paire de lunettes qu'il avait posée sur son nez après avoir préalablement retiré celle qui s'y trouvait déjà.

– Saquerlotte ! J'avais chaussé mes lunettes du matin et il est déjà plus de midi. Uh uh… Au temps pour moi. Il fallait en fait lire *tente*, *saison*, *sardine*, *insoutenable* – ah, je l'avais bien lu celui-là – et *rouiller*. J'imagine que la prédiction me concerne. J'ai loué un emplacement au Camping de la Canopée car ils font une promotion spéciale basse-saison. A priori, il faut que je vérifie que mes sardines ne sont pas rouillées sinon elles risquent de ne pas bien soutenir ma toile de tente.

Sans transition, il était parti et le rendez-vous avait pu se conclure dans une atmosphère brumeuse. Jacques avait attendu Emma et Dan à la sortie et s'était présenté comme nous l'avons évoqué précédemment.

*

Jusqu'à cette matinée et la désagréable découverte – encore une – des déchets laissés par les deux garçons, Emma et Dan avaient toujours refusé de demander la permission à Jacques de clôturer le chemin. Pour ne pas risquer de représailles – sait-on jamais jusqu'où peuvent aller deux adolescents lorsqu'on les prive de leur squat – mais aussi pour garder leurs distances avec l'insaisissable voisin. Sauf que, cette fois-ci, la coupe était pleine.

– Trop, c'est trop. Ils vont voir de quel bois je me chauffe, déclara Dan, veillant à garder la tête haute. J'irai trouver Jacques demain et, si je croise ces deux… zigotos, ils vont le sentir passer.

– Dan, mon preux chevalier, tu es mignon mais toi-même tu ne crois pas un traître mot de ce que tu baragouines, répondit Emma, un sourire bienveillant aux lèvres. On sait très bien tous les deux que tu vas me demander de t'accompagner chez Jacques et que je me chargerai des deux… asticots. Sinon, je vais te retrouver à boire des bières et fumer des pétards avec eux. Quant au *poppers*, j'ai vu tes yeux briller tout à l'heure en découvrant le flacon. Polisson, va !

Ce fut leur premier éclat de rire de la journée. C'était comme ça avec Emma et Dan. Toute situation jugée non dramatique finissait bien souvent en franche partie de rigolade. Ou de jambes en l'air, l'une n'excluant pas l'autre.

TROIS

David[*] était assis sur le porche de sa maison et suivait les nervures d'une feuille de chêne avec son doigt, perdu dans ses pensées. À ses côtés, Dylan[**] et Dorian[**] se passaient une *Lucky Strike* en crachant abondamment et sirotaient des bières canadiennes.

— Tu crois vraiment qu'elle va s'en rendre compte ? demanda Dylan après avoir expiré une longue bouffée de la cigarette.

— Je sais pas, répondit David, soucieux. Pas tout de suite, c'est sûr, mais elle verra bien un jour. J'espère que j'aurai quitté la maison d'ici là.

***

[*]   David est dans l'âge tendre. Il sort rarement à visage découvert, préférant masquer ses émotions. Il a plus de cheveux sur le crâne que sur la langue. Son corps, comme celui de beaucoup d'adolescents, est un sujet tabou que nous n'évoquerons pas par respect pour le personnage.

[**]   Conformément à la loi de *PDPPR* (*Protection des Données Physiques des Personnages de Roman*), ni Dylan ni Dorian ne souhaitent apporter de précisions quant à leur apparence extérieure.

Il venait de casser une reproduction de *L'Homme au mouton* qui trônait sur la cheminée juste au-dessous d'une photo de famille. La réunion des deux – la sculpture et le cliché – symbolisait l'attachement profond de la mère de David aux valeurs familiales, à commencer par l'honnêteté. « Dans un cercle de confiance, il est plus aisé d'avouer ses fautes puisque l'on sait que les conséquences seront justes », répétait souvent la femme.

– On s'en fout un peu, non ? s'exclama Dylan. Je veux dire, c'est qu'un bibelot sans valeur. Elle peut en racheter un. Au pire, tu la rembourses.

Il était le plus âgé des trois, de quatre mois leur aîné, ce qui, à leurs yeux, avait son importance. C'est lui qui avait eu l'idée d'écrire la « Charte des Trois D », un court texte d'une page et demie – manuscrite ! – comprenant les règles de fonctionnement de leur territoire.

Le père de Dylan était menuisier. Le jour où son fils avait gagné la prestigieuse course de bateaux miniatures radiocommandés de Saint-Paul-en-Luzet, il avait décidé de lui construire une cabane en bois dans le chêne du jardin. C'est dans ce refuge que les trois adolescents avaient un jour convenu que – pour le bien-être de leur amitié – leur petite bande devait jouir de certains droits mais aussi respecter certains devoirs. Dorian lisait un *comic* avec des lunettes anaglyphiques – un filtre bleu, un filtre rouge – qui lui donnaient l'impression de voir en trois dimensions. Depuis, ces lunettes bicolores étaient devenues une des marques d'appartenance à leur micro-communauté. Son nom – Trois D – faisait référence d'abord aux lunettes, ensuite aux initiales de leur prénom.

Parmi les droits, on retrouvait en vrac celui de se faire la gueule – mais c'était un devoir de faire la paix –, celui d'ouvrir sa gueule et celui de tirer la gueule. Il fallait respecter l'humeur de chacun tant qu'elle n'influait pas trop négativement sur celle des autres.

Parmi les devoirs – en bien plus grand nombre –, il y avait celui de couvrir ses copains en toute circonstance, celui de ne pas piquer la copine – ou la fille sur qui on lorgnait – de son pote ou encore celui de prendre toutes les décisions unanimement.

La Charte était placardée sur un mur de la cabane et les garçons la lisaient en chœur avant chaque conseil.

Les conseils avaient théoriquement lieu toutes les semaines à quelques exceptions près – la plupart du temps quand un des jeunes était privé de sortie. L'un d'eux était désigné comme secrétaire de séance et les notes étaient consignées dans une malle qui servait aussi de cachette pour leurs magazines pornographiques. Un cadenas la protégeait et la clef était scotchée derrière. (Dylan avait expliqué que personne n'irait la chercher si près de la malle, « c'était stratégique ».)

Chaque garçon recevait pendant trois minutes le bâton de parole – une clave volée à l'école de musique où Dorian avait été inscrit de force. Il exposait ce qu'il avait sur le cœur, proposait, suggérait, revendiquait. À la fin de la séance, un vote à main levée décidait du sort réservé à chaque intervention.

À ce jour, alors que les trois adolescents étaient assis sur le porche, la Charte n'avait jamais évolué et le sens de leur micro-communauté restait obscur. Les conseils se faisaient de plus en plus rares comme si, tacitement, chaque membre prenait ses distances avec cette forme de groupe organisé.

– Bah non, tu comprends pas, reprit David. Ma mère y tient beaucoup et je sais pas où on trouve un bibelot pareil. D'ailleurs, c'est sans doute bien plus qu'une simple bricole...

– T'inquiète, David. On va trouver une solution, je te promets, le rassura Dylan, avec plus ou moins de réussite.

∗

Eliot[*] somnolait sur un coin du canapé défoncé. Les rideaux étaient tirés dans la pièce, refusant l'accès aux rayons d'un soleil pourtant timide. Le lecteur venait d'avaler le DVD de *Killer of Sheep*. Eliot ne comprenait pas grand-chose au film et l'image des moutons suspendus à des crochets se balançant au rythme de la musique lui donnait la nausée. C'est pendant cette séquence que sa mère, fantomatique, choisit de rentrer à la maison.

---

[*]   Eliot ne parlant pas – comme vous allez bientôt vous en rendre compte –, il n'a pu nous transmettre aucune information relative à son apparence physique.

– Bordel mais t'es encore là toi à regarder des conneries et tu crois que...

La femme, spectrale, avait crié depuis l'entrée. Eliot n'avait pas attendu qu'elle surgisse dans la pièce pour sauter par la fenêtre et remonter la rue en courant jusqu'au terrain de basket.

Des adolescents étaient assis en cercle sous un des paniers et sirotaient des *Budweiser* éventées. Le plus imposant s'amusait à décoller les étiquettes bicolores des bouteilles et l'une d'elles s'envola jusqu'aux pieds d'Eliot.

– Hé regardez les mecs, y a l'Autre avec son bec-de-lièvre qu'est sorti de son terrier ! Comment ça va mon lapin ? s'esclaffa l'Armoire à Glace du groupe.

Une bouteille vint s'écraser à quelques centimètres d'Eliot sur fond de rires convulsifs. Celui-ci reprit sa course sans demander son reste, le colosse à ses trousses.

*

Une petite mare de crachats s'était formée aux pieds des Trois D qui avaient presque terminé leur paquet de cigarettes.

Ils la contemplaient, cette flaque qui leur rappelait à quel point ils s'ennuyaient.

– Arrête-toi, lapinou ! Pourquoi tu t'enfuis ? Tu veux pas te prendre le bec avec moi quand même ?

David, Dorian et Dylan observèrent ce gamin maigrichon poursuivi par un tas de muscles qui suffoquait à chaque foulée, non pas à cause de sa masse musculaire mais plutôt de ses éclats de rire répétés.

Dylan fut le premier à sortir de sa léthargie et à interpeller ces deux énergumènes qui venaient troubler leur méditation.

— Qu'est-ce que vous foutez tous les deux ?

— De quoi je me mêle ? C'est pas tes affaires. Ferme ta gueule ! cracha le grand costaud.

— Ça va pas de lui parler comme ça, non ?

Cette fois, c'était Dorian qui s'était levé d'une traite suivi par David qui restait en retrait, le regard noir. Les Trois D savaient se passer le relais.

— Tu te prends pour qui ? reprit-il. On est trois, t'es tout seul. C'est toi qui la fermes.

Pendant qu'ils s'apostrophaient, Eliot avait ralenti sa course mais s'éloignait tout de même de la petite troupe en jetant régulièrement des coups d'œil derrière son épaule.

— Hé, toi ! Viens voir par là, s'écria David en direction d'Eliot qui s'immobilisa, courba le dos, pivota sur lui-même pour faire face au gaillard mais sans soutenir le regard. Tu peux me regarder, je vais pas te manger, bonhomme.

Eliot s'approcha de David en traînant les pieds. Petit être passif, il serait totalement invisible aux yeux des gens si ce bec-de-lièvre n'attirait pas l'attention. Stupeur, dégoût, compassion. Peu importe. Il était traité différemment et sa personne se résumait à cette malformation. Mais qu'est-ce qui était pire entre ceux qui se sentaient obligés d'articuler plus que de coutume en s'adressant à lui, pensant que sa difformité altérait nécessairement ses facultés mentales, ceux qui lui pardonnaient tout parce qu'il avait des « circonstances atténuantes » et ceux qui le poursuivaient en hurlant « Mon lapin ! » ou « Lapinou ! » ?

— Est-ce que tu parles mon grand ? reprit David. Je t'ai déjà vu au bahut. T'es dans quelle classe ? Nous trois – David indiqua ses deux camarades – on est dans la classe D.

Eliot le savait. Il craignait qu'un jour ils le remarquent. C'étaient des garçons sans aucun doute violents comme les autres, qui n'hésiteraient pas à le chahuter s'ils découvraient son existence. Toujours en bande à fumer et boire en cachette, à ne rien faire en classe, à parler plus fort que les autres dans la cour.

— Bonhomme, tu es muet ou quoi ?

David observait Eliot se tendre comme pour prendre racine et faire enfin partie définitivement du paysage.

Non. Eliot n'était pas muet. Seulement, il ne parlait plus ou qu'en de très rares occasions. À peine articulait-il, bon gré mal gré, quelques sons.

Un bref [o] pour marquer la surprise.

Un [a] long pour le soulagement.

Des bruits gutturaux lorsqu'il se raclait la gorge.

Des onomatopées telles que « Aïe » ou encore « Atchoum ».

Les faits qui l'avaient amené à se murer dans le silence lui échappaient. Ils lui paraissaient d'un côté évidents et d'un autre trop inconcevables pour sa petite personne.

– C'est l'autre demeuré qui te fait peur ? Disnous ce qu'il t'a fait. N'aie pas peur, on t'écoute.

Dans le Grand Théâtre du monde, Basile[*] – c'était le prénom de l'autre demeuré mais aucun des Trois D n'avait pris la peine de le lui demander – jouait son rôle à merveille. Un rôle qu'on lui avait imposé et qu'il subissait. Fils de bouchère, il était nécessairement rustre, lourdaud, brutal. Comment ne pas l'être quand on est la progéniture d'une tueuse de bêtes, d'une femme cruelle et sanguinaire pour certaines personnes qui vomissaient sa profession, au mieux une femme sans sensibilité pour les autres. En outre, Basile était aussi fils de proviseur, ce qui aurait pu lui valoir l'étiquette du fayot ou de l'élève intouchable. Heureusement qu'il n'était pas scolarisé dans l'établissement de son père et donc que les Trois D ne le connaissaient pas vraiment. À peine se croisaient-ils, à l'occasion, au magasin ou au parc. En revanche, Basile connaissait David de réputation puisqu'il était au collège-lycée Hermès Trismégiste dirigé par son père qui s'en plaignait régulièrement.

Pour coller au plus près de son rôle, Basile avait le physique d'une vraie brute suivant l'image que ce terme renvoie habituellement. Un dur à cuire. Un

---

[*] Basile a plus ou moins l'âge du capitaine. Son visage n'est épanoui que lorsque son cœur est heureux (c'est-à-dire, vous le remarquerez bien assez vite, rarement). Il lui reste beaucoup de cheveux bien qu'il se les arrache régulièrement. Son corps pleure souvent toutes les larmes dont il est submergé.

bourrin disaient ses copains. Ses copains, vraiment ? Le resteraient-ils si Basile devenait doux comme un agneau ? Il l'avait bien compris lui, le butor, que la violence était sa croix et son salut. Elle le dévorait perpétuellement, elle débordait souvent et il se défoulait alors sur qui croisait son chemin. Une façon de la partager, de faire porter son fardeau par ceux qui ne le louperaient pas s'il baissait la garde. Ses prétendus amis, spectateurs assidus de ses accès de violence, lui donnaient l'illusion de ne pas être seul contre le monde. Il aurait simplement aimé ne pas se satisfaire de cette illusion.

— Putain, les gars, laissez-nous tranquilles. C'est pas vos oignons. Je lui veux pas de mal au gamin. Je dois juste le raccompagner chez lui et il veut pas. C'est tout.

Belle tentative de Basile de s'en tirer sans trop de dégâts.

— C'est des conneries ça. Non ? Si ? Réponds, bonhomme ! Il te ramène vraiment chez toi cet abruti ? demanda David qui commençait à être excédé par le manque de réaction d'Eliot.

Ce dernier réfléchissait à toute vitesse. Deux options s'offraient à lui. Hocher la tête de gauche à droite, voir son bourreau se prendre une probable raclée mais rester avec trois grands gaillards dont il se méfiait. Hocher la tête de haut en bas, repartir avec son tourmenteur, se prendre une probable raclée et rentrer chez lui un peu plus amoché. Entre l'éventualité de se faire molester par trois compères dont les intentions étaient opaques et celle – bien connue – de se faire frapper par une main comme tant d'autres qui s'en contenterait, Eliot trancha rapidement. Il acquiesça.

— T'es trop bizarre toi, lâcha David, médusé. Cassez-vous tous les deux avec vos têtes de cons.

En sens inverse, l'Autre avec son bec-de-lièvre et le tas de muscles repartirent.

Lorsqu'ils furent hors de portée des Trois D et de la bande de spectateurs de Basile, celui-ci déclara, une pointe de fatalisme dans la voix.

— T'inquiète pas, p'tite tête. Les potes sont loin, tu peux rester tranquille. Dis-leur juste que Basile – c'est moi – t'a mis une branlée si jamais tu leur parles. Ah non, c'est vrai, tu parles pas. Tant mieux. Continue à baisser les yeux quand tu me croises.

Et il planta Eliot qui s'en sortit sans une seule égratignure. Seulement, Eliot ne croyait pas aux miracles et la suite allait lui donner raison. À peine remis de ses émotions, il entendit des pas dans son dos. C'était David qui s'approchait.

— Désolé d'insister, bonhomme, mais je suis certain qu'il va pas en rester là. T'as eu de la chance aujourd'hui mais la roue tourne toujours. T'as peur d'ouvrir ton cœur ou t'aimes pas balancer, peu importe. Moi et les potes on a bien compris. Je vais te proposer un *deal* que tu peux pas refuser. J'ai cassé une statuette à laquelle ma mère tient énormément. Impossible de lui avouer que c'est moi et je peux pas faire porter le chapeau à mes amis. Je suis pas un chien. Cherche pas à comprendre pourquoi cette histoire me met dans cet état. J'ai mes raisons et ça te regarde pas. Enfin, si, un peu quand même parce que c'est toi qui vas payer les pots cassés. Je vais dire à ma mère que je t'ai invité pour finir un exposé – elle vérifiera pas – et que, sans faire exprès, t'as pété la sculpture. Elle te connaît pas donc elle te dira rien. Et moi, je reste dans le cercle de confiance. C'est hyper important, tu peux pas savoir. Mais tu te dénonces pas pour rien. Le gros porc, là, il te cherchera plus des poux. Je vais m'occuper de lui comme ça tu pourras dormir sur tes deux oreilles… de lapin. Non, je rigole. Entre copains, on peut bien se vanner, non ? Parce qu'on est bien copains, n'est-ce pas ? Et les copains, ça se rend des services dans ce genre…

Tout en déglutissant avec difficulté, Eliot observa la main que David venait de lui tendre. Avait-il seulement le choix… Basile saurait encaisser, lui, alors qu'Eliot sombrerait un peu plus.

Lorsqu'ils se serrèrent la main, c'est tout le corps d'Eliot qui se mit à trembler. Sous la secousse, sans doute un peu, mais surtout parce qu'il était terrifié par la situation. Non pas le fait de couvrir David mais plutôt sa lâcheté qui allait rejaillir sur un innocent, Basile, condamné par l'imaginaire collectif à rester indéfiniment la brute à laquelle son physique renvoie bien malgré lui.

QUATRE

La maison d'Emma et Dan était à leur image. Baroque en apparence – trois tuiles perdues au milieu d'un toit en ardoises, un mur bardé de bois, l'autre en crépi, les deux derniers de couleurs différentes, des fenêtres cintrées et une porte ronde en fer forgé – mais aux fondations bien ancrées dans la terre. Elle était située à quelques pas des ruines du Donjon de Clodebert III l'Implacable au cœur d'Atropos-sur-Léthé, Cité placée sous le patronage d'Ève de la Ribote, obscure figure médiévale à la biographie lapidaire. Un lieu hybride, lui aussi parfaitement adapté au cadre de vie d'Emma et Dan. Il était courant d'y croiser quelques lavandières lavant leur linge dans le fleuve à côté d'adolescents en équilibre précaire sur une *longline* tendue entre deux arbres. On ne s'étonnait pas de trouver une salle d'arcade VR coincée entre une tannerie et la boutique d'un Maître Tisserand. On attendait avec impatience l'arrivée du colporteur qui apporterait la dernière *Dark Romance* à la mode.

Concernant l'achat de la maison, aucune négociation n'avait été nécessaire : les anciens propriétaires avaient accepté sans sourciller le prix proposé par Emma et Dan. Comme ils semblaient soulagés de s'en débarrasser, les deux amoureux avaient demandé un complément d'information à l'agent immobilier. Gêné, celui-ci leur avait avoué que les quinze derniers propriétaires n'étaient jamais restés plus d'un an, se plaignant de maux de tête foudroyants au moment de se laver les dents, d'inattendus courants d'air en pleine canicule, d'une désagréable odeur de « brousse après la pluie » – plusieurs occupants avaient utilisé à peu près le même terme – en plein milieu de la nuit. L'agent immobilier avait préféré être sincère car, de toute manière, Emma et Dan auraient entendu ces rumeurs de la bouche des voisins. Cependant, il avait tenu à leur préciser qu'il n'y croyait pas mais qu'il ne pouvait pour autant leur fournir une raison tangible à ces séjours express. Il leur avait néanmoins assuré que tout était aux normes dans la maison, que le quartier était paisible et que ces histoires farfelues ne pouvaient provenir que d'hallucinations collectives car il l'avait lu sur *Doctissimo*.

Un peu plus d'un an après avoir obtenu les clefs de leur nouveau nid, Emma et Dan devaient se rendre à l'évidence : la maison n'était pas parfaite mais ils ne s'en sépareraient pour rien au monde. D'accord, il y avait ces jeunes qui squattaient le chemin. C'est vrai, il y avait cette étrange odeur parfois la nuit mais elle n'était pas déplaisante. Elle leur faisait penser à de l'encens. (Ils ne le savaient pas mais il s'agissait, pour être précis, d'un mélange de camphre, de benjoin et de myrrhe.) Et, oui, beaucoup plus problématique, il y avait ces énormes scutigères qui remontaient par la bonde de la douche. Le receveur étant désuet, ils n'hésitèrent pas à faire appel à une plombière spécialisée dans la pose de douches à l'italienne pour tout rénover.

L'artisane ne mit pas longtemps à défoncer le vieux bac en céramique. En revanche, elle passa bien plus de temps à observer le carnage qui s'étalait sous ses yeux.

— Y a pas de siphon, déclara-t-elle, atterrée. Tout est pourri là-dessous, c'est de la bouillie ! Ben, dis donc mes cocos… C'est pas le bout du monde non plus. Faites pas cette tête-là. Ça n'a pas attaqué la roche, hein ! Mais quand même… J'ai jamais vu ça avant. Et ça encore moins.

Elle désigna un étrange objet qui ressemblait à une grosse pierre multicolore. Ou plutôt un agglomérat de dizaines de pierres colorées. Comme si le caillou réagissait aux regards posés sur lui, une forte odeur d'encens s'en dégagea soudainement.

— C'est quoi ça ? demanda Dan, en se tournant vers l'artisane.

— Je sais pas moi, rétorqua la plombière. Je suis pas pierraliste.

Puis, elle éclata d'un rire démentiel. Se rendant compte qu'Emma et Dan restaient de marbre, elle se sentit obligée de poursuivre.

— Pierraliste. La contraction de « pierre » et « spécialiste ». Un spécialiste des pierres en fin de compte. C'est drôle, non ?

— Pas vraiment, trancha Emma, impassible.

– Quand on est poli, on rit aux blagues des autres, bougonna l'artisane.

– Pas vraiment non plus, décréta Dan, imperturbable.

La plombière laissa tomber sa masse. Elle s'échoua à quelques millimètres des pieds de Dan qui demeura inébranlable, habité par son personnage.

– Je veux bien tout accepter. Tout sauf qu'on trouve mes vannes pourries. Ici, c'est votre bac de douche qui est pourri et je vous souhaite bien du courage pour vous en dépatouiller. À bon receveur, salut !

Sur ce feu d'artifice de jeux de mots douteux, elle tourna les talons, lança la pierre à Emma et sortit de la salle de bains. Avant de quitter définitivement la maison, l'artisane marcha sur un ballon de baudruche. L'explosion plongea Emma et Dan dans le souvenir de leur crémaillère bien arrosée.

*

Ils avaient décidé de fêter leur emménagement à deux. Comme à Noël, au Nouvel An ou à leur anniversaire. Ils ne se rappelaient plus précisément qui de la caïpirinha ou du mojito les avait poussés à se rendre sur *Chatroulette*, un site mettant en relation des internautes de manière aléatoire. Au départ, ils avaient coupé leur webcam pour uniquement se rincer l'œil devant les innombrables hommes qui se masturbaient dans une orgie de pixels, puis ils s'étaient lancés un défi : si les dix prochains connectés était encore des hommes, ils éteindraient l'ordinateur. S'ils tombaient sur une femme – une seule –, ils feraient l'amour devant leur webcam. Un peu plus tard, ils étaient nus devant l'image saccadée d'une jeune fille au rouge à lèvres noir flottant dans un large pull à capuche.

– Que le spectacle commence, avait annoncé Dan, en tentant de paraître assuré malgré sa voix tremblotante.

Emma n'en menait pas large non plus. Si la sexualité occupait une place conséquente au sein de leur couple, ils la vivaient exclusivement à deux et sans aucun spectateur. Ni l'un ni l'autre n'étaient excités par l'exhibitionnisme. Cependant, leur goût du challenge et l'alcool aidant, ils avaient tenu parole.

– Faut faire les choses simplement comme on en a l'habitude sinon on paraîtra trop mal à l'aise, avait murmuré Emma à l'oreille de Dan.

Ce dernier avait planté son regard dans le sien, acquiescé avec les yeux, ramassé un des ballons de baudruche *New Home* et l'avait tendu à son amoureuse. Emma s'en était saisi et avait commencé à le frotter délicatement contre ses seins dont les tétons avaient instantanément durci. Pendant qu'elle se laissait envahir par la caresse du latex contre sa peau embrasée, Dan avait gonflé un nouveau ballon dont il avait retenu l'air à l'intérieur à l'aide d'une pince à linge. Ensuite, il avait enfilé l'embout de la baudruche sur son sexe tendu et retiré la pince. Subjuguée par les veines saillantes du pénis de son partenaire, Emma avait abandonné son ballon pour venir le masturber. D'abord lentement, tous les *tempi* avaient fini par y passer : *adagio, andante, moderato, allegro…* Tout en effectuant ses mouvements de va-et-vient, Emma se penchait progressivement vers Dan pour l'embrasser, sa poitrine comprimant dangereusement le ballon, au bord de l'explosion. C'est Dan qui avait explosé le premier à l'instant où les lèvres d'Emma effleuraient les siennes tandis que sa main se mouvait *prestissimo*. Ils avaient hurlé à l'unisson au moment où la baudruche avait éclaté. Un cri de jouissance auquel se mêlaient la surprise et la panique. Aucun des deux n'appréciait cette sensation détonante.

À peine remis de ses émotions, Dan avait revêtu des gants de ménage et s'était allongé sur le dos en maintenant un ballon sur son ventre. Emma s'était installée à califourchon sur son amoureux en calant la baudruche entre ses jambes. Tout en stimulant son entrecuisse, Emma engloutissait et mordait les doigts de Dan en gémissant. Celui-ci poussait de petites plaintes aiguës auxquelles Emma s'était habituée depuis longtemps. Elles finissaient même par l'exciter car elle savait qu'elles étaient le signe d'un abandon total. C'est d'ailleurs encore Dan qui était venu le premier suivi de près par Emma qui s'était affalée sur le ballon en coupant le souffle de son partenaire. Cette fois-ci, miraculeusement, la baudruche avait résisté.

Emma et Dan s'étaient étreints dans un mélange de sperme et de transpiration. Ils s'aimaient comme jamais.

De l'autre côté de l'écran, la fille au rouge à lèvres noir n'avait pas perdu une miette de cette scène bouleversante.

*

Les crissements de pneus de la camionnette de La Plombe Rit les tirèrent de leur rêverie. Ils regardèrent l'artisane s'en aller tandis que quelques scutigères prenaient leurs aises dans le salon. Puis, ils examinèrent de plus près la drôle de pierre récupérée sous le receveur de douche.

Le caillou renvoyait des reflets tantôt blancs, tantôt verts. Sous un certain angle, il apparaissait rouge et sous un autre jaune. Emma plissa les yeux et déclara solennellement :

— C'est un mélange de diamant, d'émeraude, de rubis et de saphir.

— Tu m'impressionneras toujours, souffla Dan, admiratif.

— Disons plutôt que je peux te faire avaler n'importe quoi.

— T'es méchante.

— Oui. Et tu adores ça.

Sauvagement, Emma plaqua sa main contre la nuque de Dan et l'attira vers elle. Les bruits de succion alliés à ceux d'une braguette qu'on dézippe firent fuir les scutigères, même les plus téméraires.

Ce n'est que plus tard qu'Emma et Dan remarquèrent les minuscules notes de musique gravées sur la pierre.

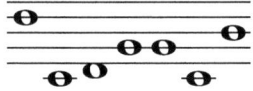

– À toi de jouer mon amour, annonça Dan, tout en se tournant vers la guitare classique en cèdre canadien négligemment posée contre le mur du salon.

Dans la voix de Dan et dans les yeux d'Emma, toute l'excitation d'un nouveau mystère à percer était largement palpable.

CINQ

Julia[*] cliqua sur l'icône représentant un alien dans une pizza-soucoupe. Elle commanda une calzone aux céréales. Puis, en attendant le livreur, elle regarda un épisode de *Mr Robot* en *streaming*. Quand on frappa, elle glissa un billet sous la porte et colla son œil à la serrure pour vérifier que l'employé de la *Pizzazie* avait bien déposé la commande comme convenu et – surtout – qu'il était parti. Julia ne voulait croiser personne. Elle limitait ses interactions sociales *in real life* au strict nécessaire : son banquier qui la convoquait ou un technicien qui venait installer un nouveau compteur électrique. Pour le reste – c'est-à-dire à peu près tout –, sa vie était totalement dématérialisée. Relations à distance, découvertes culturelles virtuelles, voyages via *Google Maps*, courses en ligne puis livraison à domicile…

---

[*] Julia, qui a passé l'âge de raison depuis belle lurette, tente de faire bon visage contre mauvaise fortune. Elle se colore les cheveux en noir de carbone, de fumée, de Jais, d'encre, d'ivoire ou d'aniline selon son humeur. Sa carapace préserve son corps des regards extérieurs.

Elle avait toujours fui le contact physique. Seulement, on ne peut pas tout le temps s'y soustraire et ses années collège-lycée avaient été les pires. Elle était la *geek*, la *freak*, la *nerd* selon des termes nord-américains devenus familiers à travers les séries et films étasuniens. Presque un cliché. Banal, finalement. Si Julia était un personnage de roman, elle serait peu originale. Sans description particulière, il serait facile de dresser son portrait physique et moral. Du noir de la tête aux pieds et des idées noires. Une ex-adolescente solitaire devenue le bouc-émissaire de quelques figures populaires du bahut, une jeune adulte vivant recluse dans un petit appartement passant ses journées devant un écran. Une ancienne harcelée sauvée par les nouvelles technologies dans lesquelles elle s'était fondue comme dans un moule protecteur. Au collège, pour supporter les crachats dans les cheveux, les croche-pieds dans les escaliers, les dénigrements perpétuels, elle avait noirci des cahiers avec des histoires d'*Heroic Fantasy* qui supplantaient son quotidien. Au lycée, pour supporter le *cyberbullying*, le vol de ses tampons hygiéniques, les fausses invitations au bal de fin d'année, elle avait converti ses histoires en RPG. Au départ, ses petits jeux vidéos de rôle étaient réalisés sans avoir recours à la programmation et aux langages informatiques. Puis, de séchages de cours en nuits blanches, elle avait appris à coder. *Python* avait suffi à satisfaire ses besoins. Elle voulait faire vite et simplement.

C'est en surfant sur différents forums que l'idée germa dans son esprit : elle allait détruire la vie d'Hector Maveliac à la mesure de son humiliation.

*

Hector Maveliac[*] était le proviseur du collège-lycée Hermès Trismégiste. Un homme étrange avec d'énormes valises sous les yeux et une voix enrouée à la Joe Cocker, en beaucoup moins sexy. En seconde, Julia avait commis l'erreur de solliciter un rendez-vous pour évoquer son mal-être. M. Maveliac l'avait écoutée puis, après s'être décrispé la gorge avec son fameux spray qui ne le quittait jamais, il avait craché ces mots qui avaient anéanti tout espoir de « vie normale » pour Julia :

— Tout d'abord, sachez que je ne cautionne pas, bien évidemment, l'attitude des camarades que vous dénoncez. Je la condamne, même, et je renforcerai ma vigilance pour que ces brimades ne se reproduisent plus. Comprenez que je ne puisse les sanctionner sans preuve tangible. Non pas que je remette votre parole en doute mais il faut les prendre en flagrant délit pour les punir. Vous saisissez ? À ce jour, aucune situation de ce genre n'est parvenue à mes

---

[*] Hector a passé l'âge d'apprécier les anniversaires. Son visage est notamment pourvu d'une paire d'yeux, d'un nez et d'une bouche. Ses cheveux poussent vite et nécessitent une coupe régulière chez le coiffeur. Son corps supporte tant bien que mal le poids de la vie.

oreilles sinon pensez bien que j'aurais d'ores et déjà sévi.

Ensuite, j'aimerais vous dispenser certains conseils précieux.

Premièrement, ne tendez pas le bâton pour vous faire battre. Ces tenues – c'est la mode gothique, c'est bien ça ? – sont morbides et peuvent mettre certains élèves mal à l'aise. Leur premier réflexe, primitif dirions-nous, est de vous molester en signe de rejet ou de protestation. Une fois encore, c'est inexcusable et je désapprouve la manière. À votre âge, vous êtes des boules de nerfs et vos réactions sont souvent extrêmes, elles manquent de réflexion.

Deuxièmement, toujours en lien avec votre accoutrement, je trouve que vos vêtements sont plutôt légers et vos formes… généreuses. Cela peut susciter de la jalousie du côté de vos camarades féminines et de la gêne du côté des garçons. Concernant ces derniers, qu'est-ce qu'ils sont bêtes à cet âge-là ! Pardonnez-moi si j'en ris mais nous sommes tous passés par là et ce n'est pas le moment le plus brillant de notre vie. Ils peuvent être gênés, disais-je, mais aussi vouloir attirer votre attention. Vous savez, un peu comme ce gaillard dans *Malcolm* qui en fait voir de toutes les couleurs à la fille qu'il convoite. Voyez comme je vous comprends… Je ne suis pas un dinosaure, je vis avec mon époque. « L'amour commence toujours par la violence » disait… l'autre.

Troisièmement, essayez de faire abstraction de ces quelques désagréments. Le lycée, ce n'est pas toute votre vie. Vous ne voyez pas ces chenapans vingt-quatre heures sur vingt-quatre. Et en classe, ils ne vous causent pas de tort car les enseignants veillent à ce que chacun se sente à l'aise et à sa place dans notre établissement. Certaines choses nous échappent, c'est bien normal. Mais soyez plus intelligente qu'eux, plus mature, montrez-leur que tout cela vous passe au-dessus de la tête, ignorez-les et, bientôt, ce ne sera plus qu'un mauvais souvenir. Le lycée ne dure pas éternellement. Tirez les enseignements de cette période délicate et vous en sortirez grandie. Épanouie même, oserais-je.

Quatrièmement, une réunion assommante va débuter dans vingt minutes et je dois boire de toute urgence un café si je ne veux pas m'endormir dès les premiers instants. Hi, hi, hi. Regardez, moi aussi j'ai appris à prendre mon mal en patience et à supporter les petits tracas quotidiens comme ces réunions interminables et franchement inutiles. Avant de partir, prenez donc un bonbon.

Il lui avait tendu un bocal rempli de petites boules multicolores tout en lui indiquant la sortie. Abattue, elle n'avait pas osé flanquer par terre le récipient et s'était contentée de tourner les talons, sentant le regard paternaliste du proviseur dans son dos.

*

Grâce à sa fréquentation assidue d'un site web d'hébergement de codes *open source*, Julia avait pu aisément installer à distance un *rootkit* sur l'ordinateur professionnel d'Hector Maveliac dans son bureau au collège-lycée. Un simple clic du proviseur sur un supposé lien de téléchargement de logiciel éducatif et le tour était joué. Le programme permettait à Julia d'accéder à l'ordinateur de sa cible à son insu. Elle pouvait ainsi contrôler toute l'activité de M. Maveliac en temps réel, activer sa webcam, récupérer, déplacer ou supprimer n'importe quel fichier. Mieux encore, il était possible de prendre intégralement la main sur le PC quand elle le voulait.

Son objectif n'était pas encore totalement clair : devait-elle attendre de trouver des informations compromettantes pour ruiner la vie du proviseur ou en créer elle-même ? En d'autres termes, Hector Maveliac était-il irréprochable sur le plan professionnel ou serait-elle obligée de falsifier des mails, d'inventer des conversations embarrassantes avec des élèves ? Voulait-elle lui nuire uniquement en tant que chef d'établissement ou s'insinuer dans sa vie familiale ? Car, de ce qu'elle observait, il utilisait son ordinateur aussi bien pour rédiger un règlement intérieur que pour discuter avec sa femme sur *Facebook*.

Pendant qu'elle mordait dans sa première part de calzone, elle lança le logiciel malveillant et épia l'activité de M. Maveliac qui ne quittait presque jamais son bureau avant vingt heures. Rien d'intéressant ce soir-là. Il faisait simplement défiler la fiche sanitaire d'un élève. Julia se déconnecta et, tout en entamant une deuxième part, se connecta à *Chatroulette*. Elle sourit en se remémorant le *show* inoubliable d'un jeune couple de *looners* qu'elle n'avait pu s'empêcher de *stalker*. Après avoir récupéré leur adresse IP, elle avait localisé leur maison puis, en zoomant sur *Google Maps*, déchiffré leurs noms sur la boite aux lettres : Emma et Dan.

Ce qui avait fait sourire Julia, plus que le spectacle fétichiste du couple, c'était la proximité de leur adresse, rue de Sardane, à quelques pâtés de maison seulement de son appartement.

SIX

Éris* ressentait beaucoup d'empathie pour ce frêle garçon qui transpirait le malaise. Prostré face à elle, Eliot venait d'avouer l'accident ayant entraîné la chute de la réplique de *L'homme au mouton*. La statuette gisait toujours sur le sol, en trois morceaux. En fait, ce n'était pas Eliot lui-même qui s'était dénoncé. L'adolescent s'était avéré incapable de produire un son. Son fils, David, avait endossé le rôle d'intermédiaire et s'excusait à la place d'Eliot qui se bornait à acquiescer discrètement. Calmement, Éris ramassa les fragments de la sculpture et leur vision raviva un douloureux souvenir.

*

Thomas venait de briser un presse-papiers en aragonite et un des trois morceaux avait ouvert une

---

* Éris a un âge – c'est certain – à défaut d'un certain âge. Son visage est le miroir de son cœur, elle se fait beaucoup de cheveux blancs pour son fils, David, et son corps peine à contenir une âme si généreuse.

fine plaie dans la cheville droite d'Éris. Elle n'avait rien osé dire, pendue aux lèvres de son compagnon qui vociférait depuis bientôt un quart d'heure.

– Ça ne te fait vraiment rien ? Putain, Éris ! T'as vraiment aucun amour-propre… Je te trompe et tout ce que tu trouves à dire c'est « désolé de pas être à la hauteur, de pas te contenter » ? Comment tu veux que j'aille pas voir ailleurs si tu me renvoies cette image…

– Quelle image ? avait réussi à balbutier Éris, tentant de sourire timidement.

– L'image d'une bonne poire qui se fait constamment marcher dessus et qui en redemande. Tu sais ce qu'on dit : trop bonne, trop conne. Réagis, nom de Dieu ! Moi, ce que je vois, ce que j'interprète, c'est de l'indifférence. Si tu tenais à moi, tu me ferais une scène. Tu montrerais un peu de passion. Au lieu de quoi, tu te tiens là comme une abrutie, les bras ballants. Bouge-toi bon sang !

– Je ne sais pas quoi dire, avait soufflé Éris. Évidemment que je tiens à toi. Je t'aime Thomas. Et c'est parce que je t'aime que je ne veux pas te faire souffrir. Si tu as eu une aventure, c'est que tu en as ressenti le besoin et que tu as tes raisons. Je ne veux pas te contraindre, réfréner tes désirs. Au fond de moi, je sais que tu es bon et donc que ton choix l'est par la force des choses.

– C'est ça ton gros problème, Éris. Tu crois que tout le monde est bon comme toi, que les gens qui t'entourent sont tous bienveillants. Tu fais du bien aux gens, tu leur donnes confiance en eux, tu les apaises, tu les aides même à dormir et eux, en échange, se tapent des séances de sophrologie à l'œil parce qu'ils arrivent à convaincre leur thérapeute qu'ils sont fauchés. Enfin… Je dis « convaincre » mais même pas ! « Le bonheur des autres suffit à me combler », tu m'as dit un jour. Soit. Mais il ne comble pas nos dettes. Il les creuse. Et permets-moi de filer la métaphore en te disant que ça a creusé un fossé entre nous. Aujourd'hui c'est un gouffre. Financier et… sentimental. Je ne veux pas que tu m'attires au fond. Je suis désolé Éris. Pour toi. Mais mon bonheur, je dois le trouver ailleurs.

Tout s'était accéléré. Séparation, vente de la maison qu'elle affectionnait tant, disparition de Thomas, clientèle sporadique. Et, bien sûr, David, aujourd'hui adolescent, avec toutes les zones d'ombre liées à cette tranche de vie.

*

— Ce n'est pas grave, déclara-t-elle, en regardant la sculpture puis Eliot. Bertrand Maribas Sr. pourra sûrement m'aider à la réparer. Je vais le voir de ce pas.

Elle avait ramassé les morceaux, enfilé son manteau, rabattu le capuchon sur ses longs cheveux roux et laissé les deux adolescents vaquer à leurs occupations comme si rien ne s'était passé. Avant de démarrer sa voiture, elle avait longuement pressé contre sa poitrine l'œil-de-tigre qui pendait au bout de son collier.

Profitant d'un des nombreux moments d'absence de David dont les expressions faciales trahissaient un bouillonnement intérieur, Eliot osa quelques pas en direction de la porte d'entrée. Subitement sorti de son recueillement, David posa une main sur l'épaule d'Eliot qui se liquéfia de nouveau.

– Mon problème est réglé p'tite tête et le tien le sera très prochainement, crois-moi. Fêtons ça ! Va donc nous chercher deux bières dans le frigo.

Eliot aurait voulu lui dire qu'il n'avait pas de problème, il aurait voulu lui demander pourquoi il tenait tant à l'aider, avec une telle conviction, mais il ne réussit qu'à produire un drôle de son nasal et se dirigea tel un zombie vers le réfrigérateur. Il en sortit deux canettes d'*Eau bénite* et remarqua une longue boîte cartonnée cachée derrière. L'image d'une seringue y était imprimée. Eliot n'eut pas le temps de lire le nom inscrit sur l'étiquette car la voix de David, dans son dos, le tira de sa contemplation :

– Tu admires mon stylo auto-injecteur, bonhomme ? C'est comme ça qu'on dit. Ça contient de l'adrénaline et ça peut me sauver la vie en cas de choc anaphylactique. Tu sais ce que c'est ?

Eliot hocha négativement la tête.

– Je suis allergique au poisson depuis ma naissance, poursuivit David. Mortellement. Il y a trois mois, j'ai pris un médicament à la con pour le mal de gorge. Un machin bio aux huiles essentielles. Quelques minutes après, j'avais le corps couvert d'urticaire et le visage bouffi. Tout était gonflé : mes paupières, mes narines, mes lèvres, ma langue, ma gorge. J'arrivais presque plus à respirer et je sentais mon cœur qui battait de plus en plus fort. Pas loin d'exploser. J'étais seul dans la salle de bains à ce moment-là et j'ai voulu appeler ma mère mais impossible de parler. Je me suis traîné comme j'ai pu dans la cuisine, j'ai réussi je sais pas comment à ouvrir le frigo, prendre la seringue et me la planter dans la cuisse. Putain, comme ça fait mal ! Je peux pas décrire l'effet de l'adrénaline qui pénètre ton corps mais le résultat a été radical. Je me suis rapidement senti mieux, j'ai pu prévenir ma mère qui a appelé le SAMU et ils m'ont dit que j'étais pas loin d'y passer. Arrêt cardiaque évité de peu. Après des semaines de recherche, on a compris que le cacheton que j'avais pris était enveloppé avec de la gélatine marine. Sauf que sur la boite, c'était pas indiqué. Les labos sont pas obligés de le préciser. Y a peu de gens aussi allergiques que moi, ils vont pas s'emmerder à détailler des trucs pareils sur leurs emballages.

Pendant qu'il parlait, David avait décapsulé les deux bières et il en tendit une à Eliot qui la prit machinalement. David en but une longue rasade et Eliot fit semblant d'avaler une petite gorgée.

– Ça me pourrit un peu la vie ces conneries, reprit David. Quand j'achète de la bouffe, je suis obligé de lire tous les ingrédients dix fois sauf pour les produits sucrés. Et faut faire gaffe aux « peut contenir des traces de poisson », « fabriqué dans un atelier qui utilise du poisson », etc. Je te parle même pas des poulets nourris à la farine de poisson ou les bières filtrées avec des vessies de poisson. Si, si, je te jure. Mais tu peux boire celle-là tranquille. T'en as pas envie, c'est ça ? Je suis con aussi, je t'ai pas demandé si t'aimais ça. Et puis je sais même pas pourquoi je te raconte tout ça d'ailleurs. Faut croire que je t'aime bien. Si t'as autre chose à faire, tu peux te casser quand tu veux, tu sais. Tu m'as déjà bien aidé, bonhomme.

Eliot ne se le fit pas dire deux fois, posa sa bière et détala. Comme un lapin, aurait-on pu dire si nous étions adeptes des blagues de mauvais goût.

David resta seul à fixer la canette intacte d'Eliot et se plongea dans ses habituelles pensées troubles et torturées.

SEPT

– Emma, ça te dit qu'on tente un nouveau truc sexuel ?

– C'est une question rhétorique ?

Dan avait commencé par regarder des clips musicaux sur *YouTube* puis il avait eu un petit creux, alors il avait écumé les sites de livraison de repas à domicile et – de *kebabs* en *hamburgers* – il était tombé sur le terme…

– *Hotdogging* ! C'est comme ça que ça s'appelle. Tous les *webzines* mode, tendance, sexo et beauté en parlent. En gros – désolé si je te vends pas du rêve en en parlant – je frotte mon pénis entre tes fesses sans te pénétrer. Bien sûr, je peux te toucher en même temps, te caresser, t'exciter, enfin… tout ce que je fais déjà merveilleusement bien !

Emma venait d'entrer dans la pièce et avait planté son regard malicieux dans celui de Dan.

– Si je te suis, tu compares mon cul à un morceau de pain fendu en deux et ta queue à une saucisse. T'as préparé un jeu de mots autour de la sauce, j'imagine ?

– Tu veux que je mette mes talents de poète à contribution et que je trouve une comparaison plus subtile ?

– Essaie toujours.

– Tel Moïse, je viens fendre la mer en deux avec mon puissant bâton et...

– Essaie encore.

– Je veux lire dans ton derrière comme dans un livre ouvert – tu noteras la rime – et glisser mon marque-page en un jouissant dérapage.

– C'est fou comme tu me donnes envie. Tu es le roi des préliminaires, Dan.

Puis, après avoir innocemment glissé sa langue entre ses dents, Emma ordonna :

– Viens m'enfiler mon corset.

Une vingtaine de minutes plus tard, assis dans un pouf en cuir de chèvre, la tête dans les mains, Dan méditait. Face à lui était étalé un tapis oriental à courtes mèches sur lequel étaient disposées des bougies à l'effigie des filles de Mnémosyne. Au centre du tapis trônait une coupe en grès émaillée contenant une tirette de fermeture Éclair. C'était celle du corset *Steampunk* d'Emma. Dan venait de la casser en tentant maladroitement de dénuder son amoureuse. Si Emma lui avait assuré que « ce n'était rien », lui avait rétorqué que « rien c'est déjà beaucoup ». Il avait ressenti le besoin – l'appel, avait-il dit – de s'isoler un moment pour coucher sa frustration sur le papier.

Depuis peu, Dan s'essayait à la poésie. Une expérience avec le groupe du *Sexe des Poètes Incongrus*** l'an passé l'avait convaincu que l'écriture pouvait lui permettre de « dépasser ses déconvenues » – ce sont ses mots – pour s'élever physiquement, moralement et spirituellement. Emma n'avait pas ri lorsqu'il avait pompeusement déclamé : « J'ai trop longtemps laissé germer en moi la frustration puis je l'ai cueillie par bouquets pour mieux te glorifier, mon amour. » Il est vrai que Dan était parfois malhabile mais Emma ne trouvait pas cela rébarbatif. Apparemment, son partenaire en souffrait et Emma était prête à tout accepter pour son bien-être. Même cette nouvelle lubie. Entendons-nous bien : elle ne tenait pas la poésie pour une activité extravagante mais la façon dont Dan la pratiquait, si.

Fan de Leonardo DiCaprio, Dan avait découvert Rimbaud à travers le film *Total Eclipse* de Agnieszka Holland. Sans fouiller bien loin, les fameuses lettres dites du « Voyant » lui étaient tombées entre les mains. Ça avait été une révélation. À sa manière, Dan les avait interprétées et se les étaient appropriées pour son processus rédactionnel. Même s'il préférait largement Baudelaire.

Les mains à présent sur les hanches, Dan débutait son « dérèglement de tous les sens » pour rendre son « âme monstrueuse » et accroître considérablement la force de son futur texte.

---

* Lisez *Maribas ou les balles bondissantes,* vous ne le regretterez pas.

Pendant que nous revenions tout à l'heure sur l'origine de sa récente passion, Dan avait eu le temps de surcharger le tapis de nouveaux objets. Tous jouaient un rôle essentiel dans la perturbation de ses cinq sens. Le minutieux rituel commença.

Petit un. Il but une grande rasade d'absinthe *Hemingway* et « [s]on cœur, comme un tambour voilé, [alla] battant des marches funèbres ». (Charles Baudelaire)

Petit deux. Il badigeonna sa moustache de Baume du Tigre, inspira profondément et s'imagina sous le joug d'Emma, en « esclave nu, tout imprégné d'odeurs ». (Charles Baudelaire, encore)

Petit trois. Il trempa ses doigts dans la cire d'Aoédé et de Mélété et se sentit comme « illuminé par l'ardeur du charbon ». (Charles Baudelaire, toujours)

Petit quatre. Il brûla du Papier d'Arménie et laissa la fumée envahir ses yeux en un « aspect permanent de [...] pâles ténèbres ». (Charles Baudelaire, encore et toujours)

Petit cinq. Il fit atrocement crisser une craie rouge sur un grand tableau noir tel un « [...] solitaire [qui] guette au creux du bruit [...] » l'inspiration mystique. (Fernando Pessoa, tiens donc !)

Et tout en se faisant voyant, face à l'imposant miroir mural du salon, il s'observa souffrir ces modestes vers.

Vers les iris aigue-marine,
Promener mes doigts en sous-main,
Des abysses aux brûlantes cimes,
Sans anticiper le chemin.

Me laisser glisser sous la voûte,
Pour me cheviller à ton corps,
En passant à travers les gouttes,
Enjamber, embarquer aux pores.

Creuser mon sillon, remonter,
Prendre un passage plus séant,
À ton bassin ornementé,
Oublier d'être bienséant.

À fleur de peau, franchir la côte,
Et prendre un virage en lacet,
Ton corps sait, je ne suis qu'un hôte,
Tu n'autorises qu'un essai.

Oui, tes iris sont immobiles,
Ma tête est sous ton couperet,
De mes doigts, j'ai perdu le fil,
Promis, demain je serai prêt.

Vidé de toute énergie mais saturé de quiétude, Dan se leva fébrilement pour apporter son texte à Emma. Un peu trop vite tout de même. Dans un indescriptible spasme, il vomit son absinthe sur le tapis… et le poème. Avant de s'évanouir, il visualisa les yeux aigue-marine d'Emma et l'œil d'Horus tatoué sur son bassin.

– Légume ? tenta Dan, sans grande conviction.

– Comment tu peux sérieusement croire que c'est « légume » ? rétorqua Emma, dépitée.

Depuis que Dan s'était calmé et plus ou moins remis de ses émotions, elle écrivait des mots avec son doigt sur son dos, ce qui avait pour habitude de le détendre pour l'aider à s'endormir.

– C'est peut-être une proposition que tu me fais, une sorte d'appel… continua Dan. Tu sais, on a pas mal de carottes dans le bac du frigo.

– Parfois, tu me perds Dan. Vraiment. J'ai juste écrit « je t'aime ».

– Ah, pardon. Faut dire que c'est pas très original. Je m'attendais à quelque chose d'autre.

– T'as peut-être besoin de voir pour comprendre. Attends. Regarde un peu.

Dan observa le majeur tendu d'Emma. Il n'osa pas l'avouer mais il ressentit un léger fourmillement dans le bas-ventre.

– Très classe. La vulgarité ne te sied guère, chère Emma…

Ils éclatèrent de rire et, comme à leur habitude, s'endormirent l'un contre l'autre, en chien de fusil.

Vers trois heures du matin, Emma se réveilla en sursaut. Sa secousse hypnique n'avait en rien troublé le sommeil de Dan qui ronflait paisiblement, ce qui était parfaitement étonnant pour un insomniaque de sa trempe. L'air expiré, soufflé sur sa moustache, diffusait des effluves de Baume du Tigre. Mais ce n'était pas cette odeur qui avait tiré Emma de sa rêverie. Elle avait cru percevoir un murmure digne d'un film de Dario Argento. Une longue respiration. Un chuchotement rauque. Un sifflement rocailleux. Puis, elle entendit distinctement des notes de musique. En silence, elle se leva sans que Dan ne manifeste le moindre signe d'éveil et se laissa guider par l'entêtante mélodie. Un refrain de sept notes, répété en boucle. Un *leitmotiv* qui lui semblait étrangement familier. Un son chaud, rond, complexe qui ne laissait aucun doute quant à sa source : la guitare classique en cèdre canadien sur laquelle étaient montées des cordes en nylon à très haute tension.

Lorsqu'Emma pénétra dans le salon, la musique s'arrêta net. Elle marcha lentement vers l'instrument posé en équilibre précaire contre le mur. Elle l'examina sous toutes les coutures et ne décela tout d'abord rien d'inhabituel. Puis, elle remarqua qu'un parfum métallique, presque imperceptible, flottait dans l'air. Mal réveillée et parasitée par le Baume du Tigre, elle ne s'en était pas tout de suite rendue compte. Elle ouvrit un tiroir pour se saisir d'une lampe de poche et éclaira le manche de la guitare. Les cordes auraient dû être neuves. Pourtant, une légère oxydation était visible à certains endroits de la corde de *La*. Son plaquage en argent avait noirci au niveau des deuxième, troisième, cinquième et dixième cases.

Si, Do, Ré, Sol. En se remémorant la mélodie perçue précédemment, Emma murmura :

— *Ré Do Ré Sol Sol Do Si…* Comme les notes sur la pierre…

Le lendemain matin, quand elle raconta cette mystérieuse péripétie nocturne à Dan, celui-ci, peu inspiré, ne put que s'en tenir à un lieu commun du genre : « Tu as sûrement rêvé. » Irritée par ce doute inattendu, elle voulut lui clouer le bec en montrant les traces laissées sur la corde argentée mais, un lieu commun n'arrivant jamais seul, elles avaient disparu.

HUIT

Péniblement, David s'agrippa au filet de grimpe qui permettait d'accéder à la cabane en bois perchée dans le vieux chêne du jardin de Dylan. Ce refuge, construit à partir de rondins, de branches glanées dans les bois et de planches récupérées, avait été construit quand les Trois D avaient à peine huit ans. À cet âge, ils escaladaient aisément les cordages pour atteindre leur repaire. Aujourd'hui, cependant, leur physique d'adolescent les contraignait à se contorsionner pour atteindre l'ouverture. Dylan avait bien supplié son père de remplacer le filet par une échelle mais ce dernier lui avait rétorqué qu'il pouvait le faire lui-même, avec l'aide de ses amis, tout en indiquant la remise où s'entassaient divers outils et vestiges d'anciens chantiers. À de nombreuses reprises, en apparence surmotivés, les Trois D avaient planifié des après-midis bricolage. Seulement, pour se donner du courage, ils commençaient toujours par boire une bière ou fumer une cigarette. Ces rituels leur avaient permis d'apprendre un nouveau terme qu'ils s'étaient empressés d'appliquer à chaque nouvelle rencontre : la procrastination.

Plus David grimpait, plus il percevait les murmures de ses deux camarades, Dorian et Dylan, déjà présents. Lorsque sa main se posa sur le sol de la cabane à quelques millimètres d'un vieux clou rouillé, les chuchotements se turent brusquement.

– C'est quoi ces messes basses ? demanda David qui rampait vers ses amis, en secouant énergiquement son pied gauche empêtré dans le filet.

– Rien d'important, s'empressa de répondre Dylan, un peu trop rapidement pour ne pas paraître suspect. Dorian me racontait… une blague.

– Super ! Je veux l'entendre moi aussi ! s'enthousiasma David.

Dorian lança un regard noir à Dylan avant de balbutier :

– C'est pas une blague, c'est une… une… devinette. Alors… Hum ! Que dit-on à un fou qui n'ose pas parler ?

– Je donne ma langue au chat.

– On lui dit : « Allez, fada ! Vide ton sac ! »

Un silence pesant répondit à la blague de Dorian – si tant est que ce substantif soit adapté à la situation – et David prit le temps d'observer un chat qui escaladait un arbre au fond du jardin. De là où il se trouvait, il était impossible de savoir si l'animal tirait la langue aux Trois D.

– J'ai rien compris, déclara finalement David, sans aucune expression.

– C'est sans doute trop subtil, rétorqua Dorian, piqué au vif. Tu prends la dernière syllabe de *fada*, tu ajoutes *vide* et ça donne *David*. Pas mal, non ?

– Non.

Dorian fusilla à nouveau Dylan du regard mais ce dernier était trop occupé à scruter le félin, un peu plus loin, qui semblait lui sourire de toutes ses dents, un peu comme le chat du Cheshire dans *Alice au pays des merveilles*.

– J'ai quelque chose à vous montrer, annonça finalement David en glissant sa main dans son pantalon.

– Si c'est encore pour qu'on compare nos queues, c'est pas la peine, ricana Dylan, soudainement sorti de sa torpeur. C'est pas en utilisant un… agrandisseur de verge – c'est bien comme ça qu'on dit ? – que ça va changer quoi que ce soit.

– Mais arrêtez avec cette histoire ! s'exclama David. D'abord, on dit extenseur pénien et, ensuite, j'ai balancé ça en déconnant la dernière fois. J'utilise pas ce truc. J'ai juste lu un article d'un mec qui expliquait qu'il faut accrocher sa bite cinq heures par jour pendant six mois à cet appareil pour gagner deux centimètres. J'ai peut-être dit que j'allais essayer mais rien de plus. J'étais bourré à ce moment-là. J'ai pas besoin de cette merde.

– Tu lis des trucs bizarres, remarqua Dorian. Peut-être qu'il vaut mieux que tu t'en tiennes à tes magazines porno même s'ils te font complexer apparemment.

– C'est un procès ou quoi ? s'emporta David. *Primo*, ce sont pas mes magazines mais les nôtres : vous en profitez aussi. Et, *deuxio*, je suis pas complexé. Je suis curieux, c'est tout.

– On dit *secundo* si on veut être… commença Dylan mais il s'arrêta net devant le teint écarlate qu'avait pris le visage de David. Peu importe… Qu'est-ce que tu voulais nous montrer ?

David, dont la main était restée enfouie dans son pantalon depuis le début de cette conversation existentielle, sortit de son jean une revue roulée en tube.

– J'ai trouvé un vieux carton dans la remise qui – vu son état – doit être là depuis un bon moment. Surtout qu'à l'intérieur, il y avait entre autres des affaires de mon père.

– *Femmes à poêles*, déchiffra Dorian en observant la couverture du magazine. Laisse-moi deviner… Des femmes à poil qui cuisinent ?

– C'est à peu près le concept, oui, confirma David. Mais j'ai regardé que la première page. Dès que j'ai compris que je tenais un petit bijou entre les mains, j'ai voulu attendre que l'on soit tous les trois pour découvrir la suite.

– Je suis flatté, déclara Dylan.

– Presque ému, compléta Dorian. Même si je comprends toujours pas ton engouement pour les vieux magazines porno. Surtout toi qui passes ton temps à jouer à la console quand on n'est pas ensemble. Tu sais, aujourd'hui, t'as accès à tout le porno que tu veux sur n'importe quel écran. Regarde sur ton *smartphone* !

– C'est ce que ferait n'importe quel ado, je suis d'accord avec toi, mais depuis quand les jeunes se comportent comme des jeunes à Atropos-sur-Léthé et les vieux comme des vieux ? souleva David, une lueur soudainement sombre dans le regard. J'aime tout simplement qu'on ne m'impose pas des images en mouvement.

Après quelques secondes de réflexion, Dorian haussa les épaules.

– Bon. Tu nous le montres, ce trésor ?

Entre curiosité et effarement, les Trois D découvrirent de vieilles photographies jaunies de femmes permanentées et de sosies de Thomas Magnum revisitant la brouette thaïlandaise ou l'étreinte du panda entre deux sautés de veau à l'ancienne.

Les adolescents tournèrent les pages jusqu'à ce que l'une d'elles semble se détacher.

– C'est quoi ce truc ? demanda Dylan en tenant la feuille entre ses mains dont l'en-tête indiquait *Mes héros les minéraux (numéro cent soixante-quatorze).*

– Aucune idée, répondit David. Apparemment, ça vient d'une autre revue.

Sur la page, une image centrale représentait une jeune femme dont les yeux verts vous happaient au point de vouloir y plonger comme dans un océan d'absinthe. Ses longs cheveux blonds, coiffés d'une couronne de fleurs, mettaient en valeur un visage fin parsemé de tâches de rousseur. Entre ses lèvres, une double flûte était introduite, ce qui avait pour effet d'atténuer quelque peu son charme notable. La légende sous l'illustration indiquait : « *Euterpe, Muse de la Musique, huile sur toile, François Boucher, 1749* ».

À la droite de l'image se trouvait la photographie d'une étrange pierre multicolore qui donnait l'impression d'être un mélange de plusieurs minéraux de teintes diverses. Une grande bande de papier avait été découpée à l'endroit où la légende aurait dû se trouver.

Au moment où Dorian s'apprêtait à commenter leur découverte, un feulement suivi d'un puissant miaulement entraînèrent les Trois D vers la fenêtre de la cabane. Avec stupeur, ils aperçurent Eliot qui quittait en trombe le jardin pourchassé par le chat qui avait souri à Dylan un peu plus tôt. Ni une ni deux, David voulut descendre le filet de grimpe le plus vite possible mais posa malencontreusement sa main sur le clou rouillé et, dans un cri bestial, tomba sur le dos, directement sur un tapis de fougères qui amortit sa chute.

– Ça va en bas ? s'enquit Dylan, tiraillé entre le rire et l'inquiétude.

– Ouais, ouais, maugréa David. Faut juste que j'aille me désinfecter la main. Mais qu'est-ce qu'il foutait là le gamin ?

À peine eut-il posé la question que la réponse s'offrit à lui sous la forme d'une affichette punaisée à l'arbre sur laquelle on pouvait lire : « *Basile m'a rien fait. J'ai pas osé le dire la dernière fois. Laissez-le tranquille. Eliot* ».

Dylan et Dorian avaient rejoint David et contemplaient eux aussi le texte à l'écriture tremblotante. Un peu plus tard, alors de retour dans leur repaire et en pleine réflexion, David rompit le silence et déclara :

— Je suis sûr qu'Eliot a été forcé d'écrire ça. Basile lui a mis la pression et l'a menacé. Il faut que j'aide Eliot. J'ai une dette envers lui.

Dylan et Dorian se regardèrent, perplexes. Ils ne comprenaient ni ce que David devait à Eliot ni pourquoi leur ami se sentait concerné par ce gringalet, l'Autre avec son bec-de-lièvre. De son côté, David regardait fixement la page de la revue *Mes héros les minéraux*. Son regard était tombé sur le nom du peintre.

— Boucher… Tiens donc. Ça me donne une idée !

NEUF

Pour Simona[*], tout avait commencé par un petit boulot dans la boutique d'une ferme. Sans raison particulière, on l'avait assignée au rayon boucherie. Quelques années plus tard, alors qu'elle cherchait du travail, elle avait poussé la porte de La Fine Bouche et c'est cette première expérience à la ferme qui avait facilité son embauche. Immanquablement, les clients lui demandaient qui de sa famille était dans la profession ou alors si son mari était le gérant. Pourtant, aucun membre de sa famille n'approchait de près ou de loin le monde de la boucherie et elle n'était pas mariée, seulement pacsée à son compagnon Hector, le proviseur du collège-lycée Hermès Trismégiste que nous avons rencontré plus tôt.

---

[*] Simona est une femme entre deux âges. Le miroir de sa salle de bains lui renvoie le reflet de son visage chaque matin aux alentours de sept heures. Ses cheveux frisent quand il pleut. Son corps lui appartient et nous n'avons pas obtenu son consentement pour vous en parler.

Simona avait fini par se passionner pour ce métier. Ce qui la fascinait principalement était de passer d'un cadavre à un appétissant morceau découpé de main de maître, comme un sculpteur en taille directe transforme une bûche en œuvre d'art.

Aux remarques sexistes qu'elle subissait quotidiennement s'ajoutaient les reproches, invectives ou quelquefois menaces des défenseurs des animaux, du simple vegan au militant L214. Malgré tout, elle ne leur en tenait pas rigueur. Elle respectait leurs engagements et comprenait même leurs points de vue. Paradoxalement, elle ne supportait pas la chasse et se sentait bouleversée à la lecture d'un article sur l'abandon des animaux de compagnie au bord des routes l'été. En outre, elle était flexitarienne et prenait grand soin à choisir des produits cosmétiques sans ingrédients d'origine animale. Simona n'était en fin de compte qu'une personne *lambda*, définie plus par ses contradictions que par ses convictions.

Cet après-midi là, David entra dans la boutique, se planta devant le camaïeu de rouge que lui renvoyait l'étal gorgé de viandes et, comme à l'accoutumée, se plongea dans une intense méditation. Simona le connaissait peu mais elle avait entendu de nombreuses fois son conjoint se plaindre de ce « petit branleur » comme il disait. Un de ces adolescents qui jouent les gros durs, qui sont prêts à tout pour amuser la galerie et manient l'insolence avec brio. En bref, un vrai stéréotype de série américaine pour prépubères. Enfin, ça, c'est ce qu'en pensait Hector. Simona, bien qu'elle n'ait jamais eu de réel contact avec

David, était moins catégorique mais se gardait bien de l'exprimer. De même, elle évitait soigneusement de le comparer à son propre fils, Basile, qui semblait prendre le même chemin que David pour survivre à cette période ingrate qu'est l'adolescence. Hector n'aurait pas supporté cette analogie.

Lors de ses rares apparitions dans la boutique, le regard de David et ses manifestes moments d'égarement – il se figeait soudainement, souvent longuement – troublaient Simona. Il était tellement complexe de cerner un adolescent et ce spécimen était une vraie énigme. La mère de David, Éris, une femme d'une extrême gentillesse, avait bien du courage de l'élever seule.

– Qu'est-ce que je peux faire pour toi ? demanda Simona, de sa voix la plus avenante.

David sortit brutalement de sa torpeur et ses lèvres se muèrent en un sourire carnassier. La bouchère frissonna et, machinalement, vérifia furtivement dans son dos que la porte de la chambre froide était bien refermée.

– Donnez-moi vos plus beaux abats, souffla-t-il, une lueur étrange au fond de l'œil.

*

– T'es mort David. Tu m'entends ? T'es mort et c'est pas qu'une expression...

Basile venait de recevoir une tarte aux abats en plein visage. Des cheveux au menton, une infâme bouillie lui donnait l'allure de Freddy Krueger, image renforcée par son pull rayé rouge et noir. Les deux adolescents se fixaient maintenant ne sachant quelle attitude adopter dans cette situation extrême. David attendait que Basile riposte, se jette sur lui, concentre toute sa haine pour frapper le plus fort possible. Basile, quant à lui, réfléchissait à toute vitesse mais il avait beaucoup trop de mal à mettre de l'ordre dans ses idées. Pourquoi David lui avait-il dit défendre Eliot ? Il ne lui avait rien fait à ce gringalet ! Et, quand bien même ç'aurait été le cas, cet entartage dégueulasse était vraiment démesuré. Le doute s'immisça quant à la santé mentale de David. Basile avait vu un reportage sur la bipolarité. Et ce n'est pas la peur de se heurter à un maniaco-dépressif imprévisible qui le rendait statique mais l'inconcevabilité de lever la main sur une personne malade. Quoi qu'on en dise et peu importe l'image qu'il renvoyait, Basile avait des valeurs. Il prit le temps de jauger son bourreau de la tête aux pieds, cracha par terre et s'en alla.

Bien sûr que ses menaces de mort n'étaient qu'une expression. Des mots que l'on aboie sans réfléchir, sous le coup de l'émotion. On ne tue pas pour un simple entartage…

Quand Basile rentra chez lui, il tenta vainement de ne pas se faire remarquer par son père qui était rentré du travail comme en témoignait la voiture garée dans l'allée. Sa mère devait être à son club de lecture, « Les coquines bouquinent ». Il les connaissait pourtant par cœur ces fichues marches d'escalier mais, encore sous le choc, il posa son pied au mauvais endroit et un craquement sonore se répercuta jusque dans la cuisine où Hector coupait méticuleusement des oignons.

— Tu es rentré mon grand ? demanda l'homme qui avait troqué son costume de proviseur du collège-lycée Hermès Trismégiste contre un kimono rapiécé protégé par un tablier sur lequel on pouvait lire *Best Dad Forever*.

Dès qu'il aperçut l'état de son fils, Hector poussa un hurlement assourdissant et réclama sur le champ des explications.

— Occupe-toi de tes oignons, hasarda Basile, qui n'avait jamais eu le sens du *timing*.

— C'est pas le moment de faire des jeux de mots foireux, fiston, rétorqua Hector en essayant de maîtriser les tremblements de sa voix. Que s'est-il passé ?

Connaissant l'acharnement de son père à découvrir la vérité en toute circonstance, Basile décida de ne pas botter en touche. Il n'en avait pas le courage. Il n'avait qu'une seule envie, pleine de bon sens : celle de prendre une douche et de se coucher pour oublier cette journée pourrie.

— De toute façon, tu finiras par le découvrir si je te le dis pas et tu vas passer tes journées à me tirer les vers du nez. C'est David. Mais je gère. C'est entre lui et moi et ça te concerne pas.

La grenade était dégoupillée.

— Le David ? Celui auquel je pense ?

— Oui, papa. Celui auquel tu penses…

*

Son premier contact avec les Trois D, c'est-à-dire la bande formée par David, Dorian et Dylan, avait eu lieu au CDI du collège-lycée. Hector s'y rendait pour emprunter un livre de Douzetemps et il avait surpris David qui farfouillait de manière suspecte dans l'une des étagères. Comment avait-il compris que ce n'était pas uniquement pour emprunter un livre ? Tout simplement parce que Dylan et Dorian étaient postés de part et d'autre de l'étagère, les yeux exorbités et sursautant au moindre bruit. D'ailleurs, en voyant le proviseur approcher, ils avaient donné un coup de coude à peine dissimulé à David qui s'était retourné, laissant le loisir à Hector d'observer ce que trafiquait l'élève. Celui-ci venait de coincer un moineau mort entre *Comme un vol d'hirondelles* de William Maxwell et *Sophonisbe* de Pierre Corneille.

— Mais qu'est-ce que tu fous ? avait spontanément demandé Hector, sans se rendre compte du niveau de langage pour lequel il avait opté.

— Les mots d'un livre sont comme les ailes d'un oiseau mort, avait répondu David. Alors qu'ils devraient se libérer des pages qui les empêchent de prendre leur envol, ils sont voués à être survolés par le regard morbide d'un lecteur qui se délecte de leur beauté figée, privée du mouvement rédempteur qui les rend insaisissables.

— Mais… c'est n'importe quoi !

– Oui, tout à fait. Mais c'est M. Braugan qui nous a appris en classe que, tant que l'intention est justifiée, tout est acceptable.

– Il parlait de littérature voyons !

– Nous sommes donc en plein dedans il me semble, avait rétorqué David en tendant sa main vers les étagères qui les entouraient.

Hector avait sorti son spray à base de myrte et de propolis pour s'adoucir la gorge. Puis, d'une voix faussement calme, il avait ordonné :

– David, dans mon bureau. Tout de suite.

Hector avait le pouvoir d'exclure temporairement l'adolescent et il comptait bien ne pas laisser passer cette chance. C'est donc avec grand peine qu'il avait masqué son excitation au moment de recevoir la mère et son fils. Cependant, l'entretien ne s'était pas passé comme escompté. Hector avait prévu tout un tas d'arguments irréfragables mais, au fur et à mesure de sa péroraison, il s'était mis à perdre ses mots tandis qu'une violente migraine germait dans son crâne. Puis, il avait postillonné deux fois sur la robe d'Éris et l'une des gouttelettes de salive avait atterri sur le pendentif de la femme, plus précisément au centre de l'œil-de-tigre qu'il retenait. Hector avait cru apercevoir une ombre glisser subrepticement sur la gemme, suivie d'un doux chuintement. Ces visions avaient achevé de lui couper définitivement le sifflet. Au prix d'un effort qui l'avait vidé de ses dernières forces, il avait péniblement réussi à marmotter :

– Pour cette fois, ce sera juste un avertisse-
ment.

Pendant qu'Éris et David quittaient la pièce, il
s'était excité sur le pulvérisateur de son spray jusqu'à
retrouver un peu de contenance. Il avait allumé son
ordinateur et effectué une recherche d'images sur les
minéraux. Rapidement, il avait trouvé celui qu'il cherchait et qui se trouvait autour du cou d'Éris. Il s'agissait d'une variété de quartz appelée œil-de-tigre –
vous le saviez déjà mais pas Hector –, une pierre fine
considérée comme protectrice en lithothérapie. En
outre, elle était prétendument un rempart face aux re-
vendications maléfiques. L'œil-de-tigre avait-il défen-
du Éris, considérant qu'Hector lui causait du mal ? Il
avait chassé cette idée d'un revers de main tout en se
moquant de lui-même, de cette hypothèse ridicule.
Comment pouvait-il croire un seul instant à de telles
sottises, lui qui tenait l'ostéopathie et la psychanalyse
pour des pseudosciences ? La lithothérapie était de
loin la discipline la plus honteuse qu'il connaissait,
bien plus encore que la naturopathie, l'homéopathie
ou même la sophrologie, que pratiquait la mère de
David. Pourquoi ne pas apporter du crédit à l'astrolo-
gie, l'alchimie ou l'ufologie tant qu'on y était ! Et voilà… Il s'était tellement énervé que sa gorge semblait
avoir doublé de volume. Une nouvelle dose de myrte
et de propolis et il était passé à autre chose, non sans
mal.

*

Perdu dans ses pensées, Hector avait laissé Basile prendre sa douche et était retourné en cuisine émincer ses oignons. Au repas, il n'avait pas ouvert la bouche, ce qui n'était pas pour déplaire à Basile. Celui-ci alla se coucher tôt pour clore cette mauvaise journée au plus vite.

Un peu plus tard, Hector se tenait dans l'entrebâillement de la porte et regardait son fils dormir. La respiration de ce dernier était régulière, son visage détendu, un léger sourire aux lèvres. Les événements de la journée ne semblaient pas l'avoir atteint jusque dans ses rêves. En observant Basile plongé dans ce profond sommeil, de mauvais souvenirs vinrent parasiter la contemplation d'Hector.

*

Alors tout jeune père, il en avait soupé. Injustement. Les leçons et injonctions, déguisées en conseils bienveillants, avaient fusé de part et d'autre, émanant de ses parents pour ricocher sur ses sœurs et rebondir sur quelques prétendus amis.

« Il faut le laisser pleurer, ça développe les cordes vocales. »

« Pourquoi tu le laisses pleurer ? Il va perdre toute confiance en lui. »

« Apprends-lui à dormir seul dès le début sinon ce sera un pot de colle. »

« Porte-le tout le temps en écharpe voyons ! Il a besoin de te sentir ! »

Il avait fini par couper les ponts avec bon nombre de proches. C'est contre ces professionnels autoproclamés de la petite enfance qu'il avait affirmé ses choix éducatifs. Ce que d'aucuns prenaient pour de l'excès. Lui, il y voyait de la passion. Une passion folle qui l'avait contraint à surprotéger son enfant. Oui, c'était bien de contrainte qu'il s'agissait. Cette fameuse bulle qui vous préserve des agressions environnantes, ce cocon surprotecteur essentiel à l'oxygénation du corps et de l'esprit.

Il n'avait pas tellement laissé le choix à sa compagne, Simona, quand il avait acheté ce berceau « cododo » puis un lit *king size* pour que Basile dorme avec ses parents jusqu'à ses dix ans. Elle avait partagé son goût pour les différents systèmes de portage mais ne l'avait pas plaint quand il avait dû suivre assidûment des séances de kinésithérapie car porter son enfant sur ses épaules quand celui-ci avait douze ans et pesait quarante-trois kilos lui ruinait les cervicales. Mais ce qu'elle désapprouvait particulièrement sans oser le lui avouer frontalement, c'était la façon qu'avait son conjoint de couver son fils.

Hector n'avait jamais su encaisser les déceptions de son fils. Il avait dépassé les bornes, un jour, au parc, alors qu'assis sur un banc il observait Basile qui essayait de se faire des amis. Un enfant l'avait ignoré et l'expression du petit Basile hanterait Hector toute sa vie. Une telle tristesse dans le regard. Un abattement si déchirant. Son fils avait tout fait pour masquer sa désillusion. Quel crève-cœur pour Hector… Il n'avait pu se contenir. Il s'était dirigé vers l'enfant qui avait refusé ne serait-ce que de jeter un bref regard à Basile, l'avait empoigné par le col et secoué comme on agite un stylo-plume pour en faire jaillir l'encre. Ce qui sortit d'Hector à ce moment-là ne fut pas de l'encre mais une espère de bile noire qu'il avait crachée au visage de l'enfant :

– Tu te rends compte de ce que tu lui fais ? Tu l'as anéanti ! Un peu de considération, c'est trop demandé ? Tu as conscience de tes actes ? Comment peut-il se construire dans ce monde de brutes s'il se sent rejeté dès son enfance ? Par ses pairs qui plus est ! Alors arrête de le snober et accepte de jouer avec lui. Prends sa main et aide-le à monter sur ce toboggan. Prends sa main je te dis, bordel !

*

Basile venait de se retourner dans son sommeil. Hector fixait distraitement l'affiche fixée au-dessus du lit sur laquelle on pouvait lire *You Are Your Choices*. Hector avait fait son choix. Un choix extrême, imprévisible, irréversible. Jusqu'à présent, tuer par amour n'était pour lui qu'un mobile de mauvais *thriller*. « Pour toi, je suis prêt à mourir ou à donner la mort. » C'était beau, c'était fort, c'était même puissant. Pourtant, il ne pensait pas un seul instant que du sens figuré au sens propre, il n'y avait qu'un pas. Un pas qu'il s'apprêtait à franchir par dévotion. Ce genre de dévotion qui vous pousse à toutes les extrémités.

Qui peut se muer en pulsion meurtrière. Un de ces « accidents délirants » qui nourrissaient certains faits divers de journaux racoleurs. Bientôt, lui aussi ferait la une de la presse.

DIX

Basile avait descendu les escaliers sans faire craquer une seule marche. Il avait eu de la chance, la veille, que son père ait été trop sonné pour demander des précisions sur l'agression de David mais il savait qu'il n'échapperait pas deux fois à un interrogatoire maison. Malheureusement pour Basile, Hector avait passé une partie de la nuit à ruminer des pensées criminelles, assis dans la cuisine devant une bouteille de *gin*. Quand il aperçut son fils, il se leva brusquement en titubant et Basile remarqua tout de suite ses yeux cernés injectés de sang, ses mèches de cheveux gras éparpillées sur son front, sa bouche tordue en un rictus démentiel.

— Raconte-moi tout maintenant, fiston, bredouilla Hector d'une voix pâteuse.

— J'ai pas envie papa, désolé, répliqua Basile qui savait pourtant pertinemment que la fuite était impossible. Je veux garder ça pour moi et régler le problème tout seul pour une fois.

— Ne me laisse pas sur la touche ! hurla le père dont les veines du cou s'étaient mises à palpiter horriblement. C'est mon rôle de père de te défendre, de t'accompagner quand tu es dans le dur. J'ai croisé ton regard hier quand tu es rentré maculé de… je ne sais toujours pas ce que c'est d'ailleurs. Et j'y ai lu de l'abattement. Tu étais résigné. Je ne veux pas voir mon fils anéanti par un gamin aussi insignifiant que David. Tu vaux tellement mieux que lui.

– M'accompagner, c'est pas faire les choses à ma place. Arrête un peu de me couver. J'ai besoin de me détacher un peu de toi et aussi de maman parfois. C'est pas facile d'avoir une mère bouchère et un père proviseur. Pour tout le monde, je suis forcément un gros bourrin et je resterai impuni quoi que je fasse parce que tu as le bras long. C'est en voulant m'aider que tu vas m'enfoncer encore plus, que David aura gagné et que je ne serai plus que le fils à papa qui n'a pas le cran de régler ses problèmes lui-même.

Basile avait parlé sans reprendre sa respiration et c'est en apnée qu'il se sauva, le sang lui battant aux tempes et un voile devant les yeux. Il ne vit pas le visage de son père se décomposer jusqu'à se confondre parfaitement avec l'autoportrait de Schiele, *La colère qui gronde*.

Ce matin-là, Eliot ne cherchait rien d'autre qu'à atténuer la douleur de ses phalanges. Tout en lui s'était tendu. Au réveil, il s'était rendu compte que sa mère – ou plutôt le fantôme qu'elle était devenue – avait confisqué le lecteur DVD du salon, seul moyen pour Eliot de s'évader un peu de son quotidien. Il avait cogné son matelas à s'en arracher la peau en vain. Il le savait, lui qui en recevait tant, que les coups ne résolvaient rien. Pourtant, son lit, lieu de défoulement du corps et de l'esprit, était son allié dans ses évasions oniriques comme dans ses accès de violence qui éclataient uniquement entre les quatre murs de sa chambre. Quelqu'un souhaitait connaître Eliot ? Qu'il s'adresse à son lit. Celui-ci avait épongé ses larmes, étouffé ses cris et recueilli toutes sortes de prières nocturnes. Au moins, il ne le jugeait pas, lui. Il était patient, à l'écoute et ne le repoussait jamais. Toutefois, Eliot ne pouvait espérer faire de sa vie une odyssée alitée et il était contraint, chaque jour, d'enfiler son costume de victime une fois la porte de la chambre franchie.

Et puis il y avait toujours ce même paysage. Jusqu'à la nausée.

Eliot détaillait cette fenêtre au bois fissuré, aux carreaux fêlés. À travers elle, un château figé dans la brume vous écrasait de son poids millénaire, des arbres centenaires se cambraient pour mieux vous dominer, un ciel mauve intemporel vous engloutissait peu à peu, un saule n'en finissait plus de pleurer et une jeune fille ne vieillissait pas.

Depuis des années, il s'asseyait à la même place, raclant inlassablement les mêmes assiettes en fixant cette ouverture sur le monde qui lui rappelait à quel point il se sentait enfermé. Pourtant, c'était le seul moyen d'échapper à la voix d'outre-tombe de sa mère. Se perdre dans la contemplation obsessionnelle de cet immonde paysage.

En cette matinée automnale, cependant, c'était avec un soupçon d'espoir qu'il observait la toile. L'espoir de passer au travers, au moins symboliquement, et d'ouvrir une nouvelle fenêtre. Il se leva calmement, sans un mot, et se dirigea vers la porte qui se trouvait à quelques centimètres du tableau. Un dernier coup d'œil vers la peinture. Les feuilles des arbres semblèrent frémir un court instant comme si un imperceptible vent s'était tout à coup levé. Ce fut sans doute ce léger souffle qui emporta Eliot hors de la maison et lui fit prendre ses jambes à son cou.

Ce matin-là, Eliot ne cherchait rien d'autre qu'à atténuer la douleur de ses phalanges mais d'autres mains que les siennes allaient s'en charger.

* *
*

Le long de l'interminable bande d'asphalte cahoteuse, un vieil homme maniait laborieusement sa fourche pour dégager les feuilles mortes qui encombraient son jardin. Quand il eut fini, il rentra se préparer un mocaccino *et s'installa confortablement dans son canapé en rotin face à la fenêtre. Au-dessus de celle-ci, une tête de cerf lumineuse, en rotin elle aussi, éclairait faiblement la pièce que le soleil n'arrivait jamais à pénétrer. Le vieil homme avait une vue dégagée sur un carrefour régulé par deux feux tricolores. Inexplicablement, ils passèrent au vert en même temps, au moment où deux adolescents se rejoignaient au croisement. Ils se faisaient maintenant face, debout au milieu de la route principale. L'un avait un bec-de-*

lièvre, l'autre un physique d'armoire à glace. Le ciel vert absinthe était complètement dégagé, pourtant un éclair mauve éblouit le vieil homme. Pendant deux ou trois secondes, il ferma les yeux. Lorsqu'il les rouvrit, les deux garçons se tenaient par la main et marchaient en direction de la forêt qui bouchait l'horizon.

ONZE

Vue du jardin, la forme imprégnée sur la baie vitrée du salon d'Emma et Dan était presque indescriptible. Deux ovales légèrement rosés perdus au milieu d'un flou artistique, vraisemblablement de la buée.

Vue de la terrasse, la figure se précisait à travers de légers mouvements saccadés et de faibles gémissements.

Vue du salon, la scène perdait tout son mystère mais gagnait en sensualité : Dan plaquait Emma contre la vitre et la pénétrait avec une conviction proche de l'idolâtrie. Cette dernière avait planté ses ongles dans le cou de son amoureux et ses dents menaçaient de déchirer la lèvre inférieure de Dan à chaque coup de rein.

Le jeune homme, qui lui ne plantait pas ses ongles mais bien plutôt son regard dans celui d'Emma, ferma brièvement les yeux en s'exclamant :

– Ah ! Ça m'éblouit !

Ce à quoi Emma répondit tout naturellement :

– Je sais. C'est même pour ça que mon ex m'a quittée. J'étais trop brillante pour lui.

– À moins que tu rayonnes au point d'éclairer jusque dans le chemin, je pense plutôt que quelqu'un dehors nous fait des signes, répliqua Dan.

Emma reposa deux pieds tremblotants sur le sol et se retourna pour observer l'extérieur, substituant deux formes rondes et brunes en leur centre aux deux formes ovales précédemment imprimées sur la vitre. Elle dut plisser les yeux en apercevant la lumière qui s'infiltrait par à-coups dans le salon selon le schéma suivant :

·· ·— · —· · ——··

– On dirait du Morse. Allons voir, proposa Emma.

Puis, après une pause, elle précisa :

– N'oublie pas de te rhabiller, Dan.

Emma et Dan se tenaient dans le chemin qui longeait leur maison, elle emmitouflée dans son poncho, lui enroulé dans un plaid.

– J'ai un mauvais pressentiment, chuchota Dan. J'ai l'impression qu'on nous observe. Tu crois que les ados sont planqués dans le coin ?

Tout à coup, les feuilles d'automne se mirent à bouger à leurs pieds. Pourtant, aucun vent ne s'était levé. Un monticule de terre émergea du sol comme si un rat-taupe géant avait décidé de quitter son tunnel pour prendre part à leur conversation. Mais si une vague ressemblance pouvait être établie entre les dents du mammifère et celles de l'homme qui se dressait à présent devant eux, force était de constater que l'apparition n'était pas celle d'un rongeur. C'était celle de Jacques, en treillis militaire, le visage de saison, c'est-à-dire en forme de courge butternut. Il tenait une lampe torche tâchée de boue à la main.

— Je voulais vous avertir discrètement que j'ai vu arriver les deux jeunes en bas de la rue et qu'ils se dirigent par ici comme presque tous les jeudis soirs.

— Bonsoir Jacques, répondit Emma que rien ne semblait pouvoir perturber. Je sais que le chemin vous appartient mais vous pourriez respecter notre intimité tout de même. Vous vous êtes bien rincé l'œil ?

— Pas vraiment. J'avais une poussière dedans. Ou de la terre, allez savoir. Ce n'est pas très...

— Attendez, l'interrompit Dan pour qui la priorité était ailleurs. Vous dites que vous savez que les ados viennent squatter votre chemin ? Pourquoi vous n'avez pas réagi en prévenant la mairie ou en le fermant par un portail ?

— J'attendais que vous veniez me voir, reprit Jacques, presque timidement. On aurait pu se boire une petite prune. En tout cas, ce soir, ils ont dû me repérer et rebrousser chemin. Ça me fait penser qu'il faudrait que je débroussaille le chemin. Vous saisissez ? Rebrousser, débroussailler. Le chemin de leur maison, celui qui entoure la vôtre.

— On saisit Jacques. On saisit... soupira Dan, blasé.

Il se tourna ensuite vers Emma et s'excusa :

85

– Je comprends maintenant ma chérie ce que tu ressens quand je tente des jeux de mots. Tu as beaucoup de mérite.

Le couple pouffa de rire et Jacques fit de même, soit par pur mimétisme, soit par autodérision.

– Au fait, Jacques, c'était bien du Morse tout à l'heure ? demanda Emma quand les spasmes se furent calmés.

– Évidemment, je vous enjoignais de venir.

– Mais… on ne connaît pas ce code !

– Saquerlotte ! Les jeunes de nos jours. Ils ne maîtrisent plus les fondamentaux. En fait, je vous faisais signe pour deux choses : prendre les gars la main dans le sac, ça c'est loupé, mais aussi pour vous dire que j'ai eu une vision.

– Laquelle ? Celle de mes fesses contre la vitre ou celle de mes seins ? s'enquit Emma, laissant passer un bout de sa langue entre ses incisives légèrement écartées.

– Rien d'aussi trivial, Dieu merci, rétorqua Jacques sans remarquer le froncement de sourcils d'Emma et la moue dédaigneuse de Dan. Des messages que j'ai du mal à décrypter sont apparus sur ma dernière grille de mots-croisés. Ils vous concernent. Vous devriez me suivre dans ma caravane.

Emma et Dan n'eurent même pas besoin de se concerter pour répondre à l'unisson :

– On n'a pas le temps, désolé.

– Bien sûr que vous l'avez, le temps, reprit Jacques, imperturbable. Le jeudi soir vous ne faites jamais rien. Vous glandez devant des séries américaines toutes plus débiles les unes que les autres.

— Arrêtez avec votre jeudi. C'est mercredi aujourd'hui. Mais… comment vous savez tout ça, Jacques ? demanda Emma, soudain mal à l'aise.

— J'ai eu…heu…des visions là encore. J'ai lu les mots *True* et *Detective* dans une grille.

— Bizarrement, je suis pas convaincue, reprit Emma. On va vous laisser, désolée. Bonne soirée, Jacques.

Dan, resté muet depuis quelques répliques, ne bougea pas.

— Vous avez senti cette odeur ? s'exclama-t-il. Et ces chuchotements, ils viennent d'où ?

— Je sens rien et j'entends rien, déclara Jacques tout en chaussant ses lunettes du soir car huit coups venaient de retentir au clocher de l'église.

— Moi non plus, Dan, s'inquiéta Emma en détaillant le visage anxieux de son amoureux.

En voulant faire un pas en direction de la maison, Dan remarqua que ses jambes effectuaient l'inverse de ce qu'il leur ordonnait. Son esprit se concentra sur un mouvement vers la droite, ses pieds partirent à gauche. Il visualisa autant qu'il le put le trajet jusqu'à la terrasse mais son corps l'entraîna à l'extrémité du chemin comme pour indiquer qu'il ne céderait pas aux injonctions de son propriétaire et se rendrait, quoi qu'en décident Emma et Dan, chez Jacques.

— Emma… balbutia Dan. Ne me demande pas pourquoi, fais-moi juste confiance, mais je crois que nous devons aller chez Jacques. J'en suis même certain.

Le lien qui unissait Emma et Dan était tellement solide qu'elle ne tergiversa pas une seconde et fit un signe de tête en direction de Jacques qui ouvrit la marche vers sa caravane.

L'intérieur du véhicule était à l'image de Jacques : hybride et déroutant. Les murs étaient tapissés de moquette rose fuchsia et le sol recouvert d'un tapis d'orient cent pour cent polyester. Le coin cuisine et le lit croulaient sous des piles de magazines *Pulp*. Sur une table pliable, dans une coupelle en céramique ébréchée, brûlait du papier d'Arménie. La fumée virevoltait au-dessus d'une petite Pyramide d'Orgonite.

— Joli caillou, tenta Dan sans volonté de paraître méprisant.

— L'Orgonite n'est pas une pierre, rétorqua Jacques, vexé. C'est plutôt une combinaison de différents minéraux et métaux. Les matériaux de cette pyramide ont été choisis et assemblés de manière très précise. Cet objet que vous qualifiez de vulgaire caillou est d'une puissance inquantifiable. Il agit comme un filtre qui fait barrière aux énergies négatives et aux pollutions vibratoires. Cette pyramide fonctionne un peu comme un catalyseur énergétique, elle recentre mes méditations face aux mots-croisés qui, comme vous le savez, finissent par devenir de véritables oracles. Devinez quel est son rayonnement. Allez ! Dites un chiffre, saquerlotte !

– Deux mètres…, proposa Emma.

– …et demi…, compléta Dan.

– Vingt-et-un mètres, les amis ! s'égosilla Jacques, ce qui eut pour effet de faire fuir un cafard sorti discrètement de la moquette murale.

Ni Emma ni Dan ne réagirent. Le verbicruciste aurait pu annoncer vingt-et-un kilomètres qu'ils seraient restés de marbre.

– Vous doutez du pouvoir des pierres et des minéraux, c'est ça ? s'étonna Jacques. Vous pensez que c'est du charlatanisme et que les gens qui y croient sont des… nigauds ?

– Pas du tout, le rassura Emma. Pour ma part, je n'ai pas vraiment d'avis arrêté sur le sujet. Je suis plutôt tolérante et respectueuse des croyances des uns et des autres.

– On ne parle pas ici de croyance mais de science, mademoiselle, répliqua sèchement Jacques.

– On ne dit plus « mademoiselle » mais « madame », surenchérit Emma.

Jacques ne releva pas et poursuivit :

– C'est Wilhelm Reich, un brillant médecin, psychiatre et psychanalyste, qui a découvert l'existence de cette force vitale, l'énergie de la Vie, qu'est l'orgone. On ne parle pas du premier clampin venu.

– C'est inutile d'essayer de nous convaincre de quoi que ce soit, Jacques, tempéra Dan, en agitant les mains dans un vague signe de paix. Me concernant, j'ai longtemps porté une montre qui contenait un fragment de l'âme de mon défunt grand-père et me prévenait de dangers imminents*. Montre qui s'est d'ailleurs mystérieusement volatilisée quand nous avons emménagé ici avec Emma. Alors, que les pierres aient différents pouvoirs, comprenez que ça ne me choque pas plus que ça…

Un silence se fit pendant lequel ils n'entendirent plus que le léger bourdonnement d'une mouche qui tournoyait en même temps que les volutes du papier d'Arménie. Puis, plus rien du tout. L'insecte venait d'être gobé par une petite plante carnivore. Le pot en terre cuite était masqué par un tas de revues ce qui expliquait que le couple ne l'ait pas aperçu en arrivant.

– C'est une Dionée, expliqua Jacques. Une plante attrape-mouche. Le papier tue-mouches que j'utilisais me donnait des boutons et m'irritait les yeux.

– Vous auriez pu en fabriquer vous-même avec du miel, en acheter un plus écolo ou vous servir d'une tapette, non ? suggéra Emma.

– Ouais, bah, on peut pas penser à tout… conclut Jacques, en ôtant ses lunettes du soir pour les essuyer avec sa veste de camouflage.

Pendant qu'il nettoyait consciencieusement ses verres, Emma et Dan le regardaient en attendant la suite. Après de longues secondes, Jacques farfouilla sur la table encombrée de magazines et attrapa une feuille sur laquelle était imprimée une grille de mots-croisés.

---

* Lisez une nouvelle fois *Maribas ou les balles bondissantes*, vous ne vous en lasserez pas.

— Voilà ce dont je vous parlais, déclara-t-il, le regard de nouveau brillant comme lorsqu'il avait évoqué la Pyramide d'Orgonite.

Dan prit la feuille et Emma lut par-dessus son épaule :

P	I	E	R	R	E		
		M					
		M					
	D	A	N				
	O		O				
	U		T				
E	C	H	E	V	E	A	U
	H		S				
	E						

Les deux amoureux restèrent bouche bée, ce qui ne leur arrivait que très rarement étant donné leur capacité à demeurer nonchalants même dans les situations les plus intrigantes. Sur ce coup, Jacques les avait bluffés. C'est gonflé d'orgueil qu'il prit la parole :

— Je profite de cette belle vue sur vos amygdales pour vous exposer ma théorie. Dites-moi si je me trompe. Hum, hum. Vous avez trouvé une pierre dans votre douche ainsi que certaines notes cachées au milieu d'un écheveau de laine.

Puis, se rendant compte que son exposé n'avait pas grand sens, il ajouta, déconfit :

– En réalité, je suis infiniment frustré d'avoir eu cette vision mais de ne pouvoir l'éclaircir. Vous devez m'aider. Ce qu'il y a dans ces mots-croisés, c'est d'une importance capitale. Je le sens au plus profond de moi. Dites-moi, Dan, quelle couleur domine la Pyramide d'Orgonite que vous regardez avec intérêt actuellement ?

Effectivement, après avoir découvert la grille de mots-croisés, Dan s'était irrémédiablement senti attiré par l'objet mystique dont il ne pouvait plus détacher le regard.

– C'est le rouge.

– Exact. La plupart du temps, ma pyramide est principalement bleue. Je ne vous ferai pas l'affront de vous rappeler l'une des symboliques de la couleur rouge. Il ne faut en aucun cas négliger cet oracle. Vous – ou quelqu'un de votre entourage – êtes en grand danger.

Il laissa Emma et Dan reprendre quelque peu leurs esprits puis demanda :

– Alors, ce mystère ?

– Nous avons trouvé une drôle de pierre sous notre douche et il y a des notes de musique gravées dessus, souffla Emma, complètement éteinte. Je suppose que c'est un message codé, d'où l'écheveau que nous devons démêler.

— Elle est intelligente votre copine, lança Jacques en direction de Dan.

— Et encore, elle se chauffe à peine… répondit-il, empli de fierté.

Jacques soupesa la pierre comme si ce geste pouvait l'aider à percer son secret. Il l'étudia attentivement sous tous les angles, allant même jusqu'à chausser l'une après l'autre ses quatre paires de lunettes au cas où les différentes corrections des verres lui permettraient de découvrir des détails invisibles à l'œil nu. Il caressa le minéral du bout des doigts, s'arrêtant sur chaque aspérité, renfoncement ou proéminence, tantôt fronçant les sourcils, tantôt poussant de petits râles indéfinissables. Il huma longuement le parfum de la gemme et s'imprégna de sa profusion de fragrances qui n'avaient rien à voir avec l'habituel « sang de pierre », le pétrichor. Il colla son oreille contre elle comme s'il s'attendait à percevoir un battement de cœur. Il la lécha en espérant peut-être secrètement qu'elle ferait l'affaire dans une bonne soupe aux cailloux. Enfin, il fit part de son verdict à Emma et Dan.

— Pour tout vous avouer, je n'y connais presque rien en pierres. En dehors de la Pyramide d'Orgonite, le sujet m'est plutôt étranger. À quoi vous vous attendiez ? Je lis des oracles dans les mots-croisés… Quel est le rapport avec les pierres ?

— Vous avez dit croire au pouvoir des pierres ! s'exclama Dan, effaré.

– J'y crois, bien entendu, mais pourquoi ça ferait de moi un expert ? reprit Jacques, en haussant les épaules. La seule personne que je connaisse qui puisse nous aider est la femme qui m'a vendu la Pyramide d'Orgonite. Une très gentille dame rencontrée dans un vide-grenier qui s'est débarrassée à contrecœur de toute sa collection de pierres. La pauvre… Elle avait un besoin urgent d'argent, je crois, car son activité de psychologue – ou peut-être bien de sophrologue – ne lui rapportait pas grand-chose et elle élevait seul son fils. Je venais juste d'emménager ici à la suite de… Peu importe. C'est la première personne à qui j'ai parlé en arrivant à Atropos-sur-Léthé et je m'en souviens bien. C'était un puits de science en ce qui concerne les pierres précieuses.

– Où peut-on trouver cette femme ? demanda Dan, plein d'espoir.

– Malheureusement, je ne l'ai vue que cette fois-là, il y a une bonne dizaine d'années. Je ne sais pas si elle est toujours dans le coin et si je serais capable de la reconnaître.

– Donc vous n'avez aucune information à nous apporter sur cette pierre… résuma Emma, qui n'avait rien trouvé de mieux à ajouter.

– Donc vous ne savez pas vous servir d'internet pour effectuer des recherches ? répliqua Jacques, piqué au vif.

– Vous croyez vraiment qu'on a pensé à vous consulter en premier avant de fouiller sur le net ? s'écria Dan avant de se mordre la lèvre, se rendant compte que ses propos pouvaient blesser Jacques. On a tout tapé : caillou musical, pierre multicolore, mélange de gemmes, aggloméré de minéraux… On s'en est farci des pages de photos, des sites obscurs, des reportages sur la gemmologie.

– Et pourquoi ne pas avoir tout simplement pris une photo de la pierre pour l'envoyer à un expert ou l'apporter au Muséum d'Histoire Naturelle ? s'étonna Jacques que la précédente remarque de Dan n'avait pas vexé.

Les deux amoureux baissèrent les yeux.

– Parce qu'on aime trop les mystères pour les faire résoudre par d'autres. Avec vous, c'est différent. Vous nous aidez dans notre enquête mais vous n'allez pas nous la piquer.

– Vous avez quel âge déjà ? s'enquit Jacques, sidéré.

Emma feignit de ne pas entendre la question.

– Vous ne pouvez rien nous apprendre sur la pierre, soit. Mais je suis certaine que vous êtes un bon déchiffreur d'énigmes. Je me dis que si on aime les mots-croisés, on aime les messages codés.

Jacques ne voyait pas le rapport entre cruciverbisme et cryptologie mais il dut leur avouer que, oui, il adorait les casse-tête sous toutes leurs formes.

– Voyons cela de plus près.

Après avoir fait apparaître une loupe à la manière d'un prestidigitateur, il s'intéressa exclusivement aux minuscules notes de musique gravées sur la pierre.

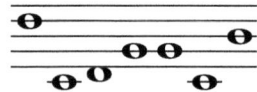

    — *Ré Do Ré Sol Sol Do Si*, murmura-t-il pour lui-même.

    — Vous êtes musicien, Jacques ? s'étonna Emma.

    — J'ai joué du Duduk dans ma jeunesse. Disons qu'il me reste quelques bases. Et vous ?

    — Un peu de guitare. J'ai évidemment joué ces notes plusieurs fois mais ça ne ressemble à aucun thème connu… En notation anglo-saxonne, ça donne *D C D G G C B*. Phonétiquement, le début fait penser à *décéder*. Peut-être qu'il s'agit d'une mort passée ou à venir. Je me suis dit que *G G C B* pouvait signifier Gégé Cébé donc quelqu'un qui s'appellerait Gérard Cébé. Ça a bien fait rire Dan et, pour la peine, c'est lui qui s'est coltiné la tâche de chercher sur internet si ce nom existait. Et c'est le cas ! Il y en a trois.

    — Vous avez tenté de les joindre ? s'enthousiasma Jacques.

    — Hélas, oui… se lamenta Dan en soupirant. Quand j'ai raconté aux deux premiers que je leur téléphonais parce que leur nom était codé à l'aide de notes de musique sur un caillou, ils m'ont raccroché au nez. Le troisième a semblé plus curieux puisqu'il m'a demandé si la pierre était coupante. Je lui ai répondu que c'était le cas à certains endroits et il m'a gentiment proposé de me trancher les veines avec.

– Quel rustre, commenta Jacques. Vous avez essayé de convertir les notes en lettres ou en chiffres ?

– Oui, on y a pensé et on a listé quelques résultats sur un brouillon. Le voilà. C'est vraiment bordélique, forcément très incomplet et on a sélectionné les informations de manière totalement aléatoire. Faut bien commencer par quelque chose et faire des choix… Par exemple, on remarque un léger décalage de la portée vers le haut au niveau des notes *Do, Ré, Sol* et *Si* quand on observe la pierre avec une loupe. On a l'intuition que ce n'est pas anodin, que ces quatre notes sont mises en avant. C'est pourquoi on a choisi de convertir *Ré Do Ré Sol Sol Do Si* mais aussi *Do Ré Sol Si*.

Do = 1, Ré = 2, Sol = 5, Si = 7
Ré Do Ré Sol Sol Do Si = 2125517

→ *2125517* : image vectorielle libre de droits d'un mérou loutre

→ *2+1+2+5+5+1+7=23* : le nombre sacré (avec 17 et 5) d'Éris, déesse de la discorde, selon les *Principia Discordia* / le sabbat des sorcières se tient le 23 juin / le

---

numéro atomique du vanadium (un métal de transition) / l'actrice Asia Argento s'est fait tatouer le
chiffre 23 sur la nuque / Séjan aurait fait empoison-
ner Drusus le Jeune, fils de Tibère (le 14 septembre
23)

→ **2-1-2-5-5-1-7=-19** : Naissance de Julia (petite-fille
d'Auguste)

→ **2x1x2x5x5x1x7=700** : « Il s'agit d'une tentative de vos
anges gardiens d'entrer en contact avec vous. Ces
derniers utilisent la puissance du nombre 700 pour
vous envoyer des messages, vous prodiguer des
conseils ou vous soutenir dans vos décisions. » (Trouvé
sur le site mesangesgardiens.com)

Do = 1, Ré = 2, Sol = 5, Si = 7

→ **1257** : Alphonse de Castille est élu roi des Romains à
Francfort / la ville de Marseille perd son autonomie /
tremblement de terre dans la région de Kamakura au
Japon / naissance de Frédéric Ier le Mordu / décès
de Uc de Saint-Circ, troubadour / référence d'un
gabarit d'équerre pour le pré-perçage des avant-

trous pour les positions de fixation des supports / adresse d'un serrurier dans un faubourg de la Cité

→ 1+2+5+7 = 15 : appeler le SAMU ? constante magique de l'unique carré magique normal d'ordre 3 ? nombre de billes dans le jeu de la 8 ? nombre de jours dans chacun des 24 cycles du calendrier chinois ?

→ 1-2-5-7 = -13 : cf. Triskaïdékaphobie

→ 1x2x5x7 = 70 : le code ASCII et Unicode pour le caractère F / les 70 (72?) disciples de Jésus mentionnés dans l'Évangile selon Luc / Septante ? (cf. Belgique, Suisse, Luxembourg...)

Do = A. Ré = B. Sol = E. Si = G
Ré Do Ré Sol Sol Do Si = BABEEAG

→ **BABEEAG** : un supporter de foot de l'En avant Guingamp... Babe pour bébé...

Do = A. Ré = B. Sol = E. Si = G

→ **ABEG** : pidgin nigérian qui vient de l'anglais / beg

— On se croirait dans un roman d'Umberto Eco, fit remarquer Jacques.

— Je pencherais plutôt pour un bouquin de la Bibliothèque Verte, genre une nouvelle aventure de Michel Thérais, suggéra Emma, avec l'enthousiasme d'une enquêtrice en herbe.

— Toujours est-il que vos essais ne nous avancent pas beaucoup, soupira Jacques.

Puis, devant le regard réprobateur d'Emma et Dan, il précisa :

— Je dis pas que vous avez mal bossé, hein, au contraire. C'est du bon boulot. Seulement, y a rien qui saute aux yeux. À part peut-être ce serrurier qui nous relie à la Cité. Il faudrait le contacter.

— C'est déjà fait, répondit Emma. Cette fois, c'est moi qui ai téléphoné. Quand je lui ai expliqué que son adresse était apparue sur une pierre, il m'a dit d'aller me faire soigner. Avec courtoisie, je précise. J'ai essayé de le rappeler en tentant une approche moins frontale mais il m'a *blacklistée*.

— Mmh, marmonna Jacques. En tout cas, le numéro du SAMU coïncide bien avec l'idée d'un grand danger comme me l'a indiqué la Pyramide d'Orgonite.

– C'est un peu tiré par les cheveux tout de même…

– J'ai l'intime conviction qu'on ne surinterprète pas, qu'on est loin d'une apophénie ou de simples illusions de perception. À la base de ce mystère, il y a bien la pierre. Une pierre indescriptible, certainement d'une grande valeur mystique. Je suis même certain que ce n'est pas le hasard qui vous a guidés vers elle. Elle a dû vous faire des signes que vous ne reliez pas encore à elle. Et puis, bien sûr, il y a ces notes gravées. C'est peu commun, vous l'avouerez.

Tout en parlant, Jacques s'était remis à observer la pierre, à suivre la progression des fines notes de musique sur la portée. Une idée lui vint à l'esprit.

– Vous avez tenté de continuer l'alphabet jusqu'à la dernière lettre en recommençant à chaque fois la gamme à zéro, je veux dire par le *Do* ? À mon avis, ce n'est pas anodin si la partition compte un *Ré* sur deux octaves.

Se rendant compte qu'il s'exprimait mal, Jacques demanda une feuille de brouillon et mit en forme son idée.

DO	RÉ	MI	FA	SOL	LA	SI
A	B	C	D	E	F	G
H	I	J	K	L	M	N
O	P	Q	R	S	T	U
V	W	X	Y	Z		

– Le *Ré* peut être un B, un I, un P ou un W. Comme il y en a deux différents, le premier, plus grave, doit être un P ou un W et le second, plus aigu, un I ou un B. Les lettres qui suivront sont conditionnées par ce premier choix arbitraire.

Par politesse, Dan hocha la tête. Emma avait l'air de suivre mais n'était pas certaine de tout comprendre.

– Commençons avec le *Ré* qui équivaut à la lettre W, poursuivit Jacques. Je vais noircir les cases pour voir ce que ça donne.

DO	RÉ	MI	FA	SOL	LA	SI
A	B	C	D	E	F	G
H	I	J	K	L	M	N
O	**P**	Q	R	S	T	**U**
V	**W**	X	Y	**Z**		

– On se rend tout de suite compte que ça n'a aucun sens à moins que les lettres elles-mêmes forment un nouveau message codé. WVPZZVU. Ça vous dit quelque chose ?

Dan sortit son *smartphone* et pianota les sept lettres sur son clavier.

– Le premier résultat est une synthèse de l'étude relative aux industries de pêche et d'aquaculture en Angola mais la suite de lettres WVPZZVU apparaît dans le fichier parce que le texte est brouillé à cause de caractères corrompus.

Jacques se gratta la tête et remonta ses lunettes du soir sur son nez.

— Peut-être que la pierre a été pêchée en Angola et qu'il faut vous y rendre pour accomplir je ne sais quelle prophétie mais, pour reprendre vos propos, c'est un peu tiré par les cheveux. Essayons plutôt avec le premier *Ré* qui équivaut à un P.

DO	RÉ	MI	FA	SOL	LA	SI
A	B	C	D	E	F	G
H	I	J	K	L	M	N
O	P	Q	R	S	T	U
V	W	X	Y	Z		

Au moment où Jacques leva son crayon, la pierre se mit à vibrer en laissant échapper d'infimes bourdonnements. Puis, l'une après l'autre, les notes de musique s'illuminèrent tout en émettant un son proche de celui d'un aulos, un antique instrument à vent.

— *Poisson*, s'exclamèrent d'une même voix Emma, Dan et Jacques.

Ils restèrent silencieux un bon moment pour se remettre de leurs émotions mais aussi prolonger le plaisir provoqué par cette mélodie envoûtante. Enfin, Jacques rompit ce moment de recueillement et proposa :

— Alors, on se la boit cette petite prune ?

DOUZE
(PAUSE ONIRIQUE)

Nuages cuivre, Lune corail,
Étoiles ivres qui déraillent
Vent de Jais, Pluie ébène,
Pour songer, quelle aubaine !

C'était une nuit parfaite pour de beaux rêves tourmentés.

*

Emma était allongée au fond de sa baignoire, totalement immergée dans une eau qui la remplissait progressivement. Elle ne ressentait aucune douleur. Le liquide sépia s'insinuait par son nez et elle facilitait son absorption en gonflant le plus possible ses poumons. Ses oreilles étaient épargnées puisqu'elles avaient besoin d'être tout à fait disponibles pour capter le murmure de l'eau qui lui fredonnait une berceuse marine. Son ventre, en revanche, tel un ballon de baudruche, grossissait au fur et à mesure que de menues écailles le recouvraient. Puis, il finit par éclater en un feu d'artifice de viscères. Emma hurla de plaisir au point que sa bouche prit possession de l'intégralité de son visage. De sa cavité buccale jaillit une pierre multicolore à la texture spongieuse. Avec la pierre-éponge, elle commença à frotter ce qui restait de son corps dont la peau fondait au contact de l'objet. À la place de ses os, elle découvrit des arêtes recouvertes de fins poils verts. Elle en arracha quelques-uns et les porta à son visage-bouche. Ils avaient un goût d'absinthe.

*

Dan se tenait debout sur une scène de théâtre face à un public exclusivement composé de scutigères géantes. Chaque myriapode applaudissait à tout rompre, agitant ses quinze paires de pattes avec frénésie. Le décor de la salle rappelait un paysage rocheux post-apocalyptique. Sans transition, Dan se retrouva perché sur un pylône électrique qui surplombait l'assemblée. Il ouvrit la bouche pour déclamer son texte mais, devenu muet comme une carpe, il ne réussit qu'à vomir des centaines de litres de cire liquide sur les mille-pattes, ce qui eut pour effet de les transformer en immondes *blobfishs* verdâtres. Les poissons abyssaux s'agglomérèrent pour n'en former qu'un seul, gigantesque et terrifiant. Le mastodonte aspira le pylône électrique devenu mou comme du *chewing-gum*. Puis, il finit par gober Dan qui se laissa

envahir par son haleine d'absinthe avant d'être définitivement englouti.

*

Hector observait son fils qui jouait avec une
poupée, assis au milieu d'une ligne de chemin de fer.
L'enfant portait régulièrement les doigts à son nez ce
qui faisait beaucoup rigoler la poupée. Celle-ci avait
un groin de porc qui se contractait à chaque éclat de
rire et expulsait de microscopiques boules de graisse
verte. Hector remarquait bien que les tresses de la petite fille en tissu s'allongeaient et commençaient à enlacer son fils. Cependant, il ne trouvait pas cela in-
quiétant. Au contraire. Il était ému devant cette
preuve d'amour. Son fils la méritait tellement. Lorsqu'il se rendit compte que son enfant était devenu
cramoisi et se débattait vainement pour se dépêtrer
de l'étreinte de la poupée, Hector essaya de voler à
son secours mais il était lui-même empêtré dans un
sling, une écharpe de portage sans nœuds. Il ne put
qu'assister avec effroi à l'arrivée d'un train qui, à mesure qu'il se rapprochait de l'enfant ligoté, prenait
l'apparence d'un orque crachant des geysers d'absinthe par son évent.

*

Basile contemplait les clients du restaurant
qui se bâfraient puis s'essuyaient à l'aide d'une nappe
à carreaux avant de se rendre aux toilettes. Il cognait

de toutes ses forces sur la paroi de l'aquarium dans lequel il était enfermé mais personne ne regardait jamais dans sa direction. Tout à coup, les clients s'embrasèrent tous en même temps ne laissant derrière eux qu'une énorme et visqueuse flaque verdâtre. C'est à ce moment-là qu'Eliot entra dans le restaurant. Il se dirigea d'un pas assuré vers un comptoir sur lequel étaient alignés plusieurs alcools. Il attrapa une bouteille d'absinthe et la lança de toutes ses forces sur l'aquarium qui éclata en une myriade de confettis. C'est sous cette pluie de petites rondelles de papier coloré qu'Eliot hissa Basile sur son dos et que leurs deux corps fusionnèrent.

*

Eliot était noyé dans une brume épaisse et se laissait guider par des chuchotements rocailleux. Ses pas résonnaient sur le sol humide et ricochaient sur des murs invisibles en lui renvoyant des éclairs teintés de vert. Une présence spectrale apparaissait par intermittence et il savait que c'était sa mère-ectoplasme. S'il voulait trouver son chemin dans cette purée de pois, il devait la fuir. Il se mit à courir et plongea tête la première dans une bouche d'égout qui lui souriait de toutes ses dents cariées. En apnée, il nagea au milieu d'un océan d'absinthe. Une forme vaporeuse le suivait et il n'avait aucun doute sur sa nature. Pour l'aider à accélérer, des nageoires se matérialisèrent dans son dos et lui permirent d'atteindre la surface en un temps record. Il venait d'atterrir devant un restaurant de fruits de mer.

*

David était dur comme de la terre cuite. Seuls ses yeux pouvaient bouger dans leurs orbites d'argile. Son corps s'effritait tranquillement pendant que les images défilaient devant son regard hagard, comme sur un écran de cinéma.

M. Maveliac empêtré dans un *sling,* constellé de gouttes d'absinthe.

Basile enfermé dans un aquarium dont l'eau avait la couleur de l'absinthe.

Eliot, le dos déformé par un corps imprécis, au milieu des débris d'une bouteille d'absinthe.

Une jeune femme qu'il ne connaissait pas, telle une sirène éventrée bardée d'arêtes au goût d'absinthe.

Un jeune homme qu'il ne connaissait pas, telle une bougie fondue par l'haleine d'absinthe d'un poisson monstrueux.

*

Éris ne dormait pas. Une odeur d'encens si familière la maintenait éveillée.

Simona ne dormait pas. Elle observait l'homme assoupi à ses côtés, se demandant qui il était.

Jacques ne dormait pas. Il venait d'avoir une vision qu'il ne comprendrait qu'au moment opportun.

Julia ne dormait pas. Elle passait une énième nuit blanche devant son ordinateur.

TREIZE

Il était difficile pour Julia de comprendre qui elle était. Longtemps, elle avait été incapable de se cerner, de se définir, de n'être autre chose qu'une inconnue à ses propres yeux. Face au miroir, le reflet lui renvoyait l'image d'une jeune femme plutôt bien faite : un port de tête presque altier malgré le poids qu'elle portait sur les épaules, un regard intense qui dissimulait à merveille un mal-être abyssal, un corps généreux qu'elle n'offrait pourtant jamais. Mais lorsqu'elle se retrouvait dans le noir, face à elle-même, elle ne voyait plus rien. Que désirait-elle ? Vivre en autarcie pour ne plus être blessée par ses pairs ? Retrouver une vie sociale en sélectionnant minutieusement ses amis ? Faire payer au monde ses années de harcèlement ? D'un tempérament lunatique, chaque jour était une quête différente. Ses aspirations en dents de scie fluctuaient parfois au sein d'une même journée. En revanche, une chose était certaine : son mode de vie actuel nécessitait des rentrées d'argent rapides pour subvenir à ses besoins.

Cette nuit-là, elle commença par vendre ses culottes sales sur un site spécialisé. Certains fétichistes recherchaient des sous-vêtements tâchés de fluides en particulier, d'autres s'intéressaient plutôt à leur durée de portage. Elle répondit favorablement à quelques demandes et alla préparer les colis que le facteur récupérerait dans sa boite aux lettres le surlendemain puisqu'elle observa, irritée, qu'il était déjà minuit passé. Puis, elle se connecta à *Chatroulette* pour chercher de nouvelles cibles de chantage à la webcam. Tout d'abord, elle vérifia que la vidéo pornographique d'une femme qui se touchait apparaissait bien à l'écran à la place de son propre visage, puis elle sélectionna un premier homme qui se masturbait face caméra à visage découvert. Il lui transmit avec enthousiasme l'adresse de sa page *Facebook* qu'elle s'empressa de pirater pour chercher les informations dont elle avait besoin. En moins de cinq minutes, il lui fallait jauger l'impact qu'aurait l'envoi de la capture vidéo de sa branlette à tous ses contacts. L'homme correspondait beaucoup avec sa mère qui l'appelait « mon trésor » et avec sa copine dont il lui assurait qu'elle était « la seule qui le faisait autant bander ». Il avait trop à perdre en laissant Julia divulguer ses petites séances sur *Chatroulette*. Donc, il paierait.

Une heure plus tard, elle avait escroqué pas moins de quatre victimes qui avaient payé la somme demandée via un site de transfert d'argent qui préservait l'anonymat de Julia. Une bonne nuit qui lui avait rapporté six cents euros. Il lui suffirait de réitérer deux fois l'opération dans le courant du mois pour vivre plus que décemment.

Julia n'avait aucun scrupule à faire chanter de la sorte ces pauvres adeptes de l'onanisme en ligne. Il s'agissait, selon elle, d'une forme d'infidélité aussi condamnable que le passage à l'acte physique. Les hommes qu'elle ciblait étaient tous en couple et elle s'assurait qu'ils se masturbaient devant leur écran dans le dos de leur partenaire. Cette trahison la répugnait. Ils brisaient le cercle de confiance au sein duquel chaque couple devait se sentir protégé. Et, par la même occasion, c'étaient des cœurs qu'ils pouvaient briser…

*

Julia avait seize ans. Elle sortait depuis quelques mois avec un garçon, Marc, qui lui permettait d'orienter toutes ses pensées vers lui, de les détourner des situations de harcèlement qu'elle vivait quotidiennement. Il se définissait – pompeusement, mais Julia passait outre – comme un « romantique paroxystique » et lui déclamait des vers pétrarquistes ou lui récitait des extraits de romans courtois. Il était touchant dans sa manière de considérer l'amour tel un chevalier sorti tout droit d'un texte de Chrétien de Troyes. Elle s'était faite à leur relation platonique, lui qui se disait asexuel. Se promener main dans la main, partager une glace, aller au cinéma et discuter du film devant un soda. Elle ne demandait rien de plus. Des choses tellement banales auxquelles elle n'avait jamais goûté jusqu'à sa rencontre avec Marc. Ces moments partagés où elle se sentait considérée, ces instants de tendresse où il lui caressait la joue en plongeant son regard dans le sien… Vraiment, ils la contentaient amplement.

Un après-midi, Julia avait réussi à pirater une série qu'ils cherchaient à visionner en vain depuis un bon moment. Elle n'avait pu s'empêcher de se rendre chez Marc sur-le-champ pour lui en faire la surprise. Elle savait qu'ils ne pouvaient se voir car le garçon avait un devoir important à rendre pour le lendemain mais elle avait espéré qu'il lâche son travail quelques minutes pour regarder un épisode avec elle. Quand elle avait frappé à la porte de l'ancien corps de ferme où habitait Marc, c'est sa mère qui avait ouvert et l'avait invitée à rejoindre le garçon dans sa chambre. Lorsque Julia était entrée, elle avait découvert Marc entièrement nu en train de se masturber devant son ordinateur. À l'écran, pas de film pornographique mais, à la place, un visage aux yeux rehaussés de khôl, à la peau parfaitement maquillée, au sourire éclatant. Celui d'une des pires tortionnaires de Julia. Le genre de fille qui, dans une série américaine, serait la plus populaire des *cheerleaders* du lycée, sortirait avec le *quarterback* de l'équipe de football américain et mépriserait les *nerds* dont faisait partie Julia. Marc eut beau lui expliquer que le virtuel et le réel n'avaient aucun rapport, que la masturbation était un moyen d'évacuer son stress, que tout cela n'avait rien à voir avec sa volonté de ne pas avoir de relations sexuelles avec elle… Rien n'avait convaincu Julia. Qu'il s'adonne au plaisir solitaire, soit. Mais s'il avait besoin de ce visage derrière l'écran pour jouir, c'était bien le signe que la réalité ne comblait pas ses besoins. Et Julia pensait que sa réalité, à ce moment-là, c'était elle. Que c'était son visage à elle qui l'accompagnerait, au moins en pensées, pendant qu'il prenait son pied, seul.

Au moment où Julia était entrée dans la pièce, Marc devait en être arrivé au point de rupture. Son intervention n'avait pas suffi à faire redescendre la pression.

À l'instant où elle avait claqué la porte, il avait éjaculé sur l'écran de son ordinateur au beau milieu d'une bouche qui se tordait de rire.

*

Avant de se coucher, Julia se connecta à l'ordinateur d'Hector Maveliac malgré l'heure tardive, plus par acquit de conscience qu'espoir de trouver quelque chose de croustillant, mais il n'était pas allumé.

Elle éteignit donc toutes les lumières et se laissa porter par un sommeil sans rêves.

QUATORZE

Peut-être Hector avait-il senti le regard scrutateur de Simona. Peut-être ne dormait-il pas aussi profondément qu'il le laissait paraître. Toujours est-il qu'il se réveilla en sursaut et planta son regard dans celui de sa compagne qui se figea, surprise par cette réaction brutale et inattendue.

– Pourquoi tu m'observes, Simona ? demanda Hector, qui semblait aussi frais que s'il était debout depuis plusieurs heures déjà.

– Je… je n'arrivais pas à dormir, bredouilla-t-elle. Alors je me suis mise à te regarder parce que…parce que tu es beau.

Déboussolée, déstabilisée par la question d'Hector, Simona n'avait rien trouvé d'autre à répondre car, se disait-elle intérieurement, avait-elle vraiment besoin de se justifier ?

– Tu as envie de moi, Simona ? poursuivit Hector, une lueur malsaine dans les yeux.

Simona resta un moment interdite. Ils n'avaient pas eu de rapports sexuels depuis une éternité et elle était incapable de se souvenir à quel moment Hector avait arrêté de la désirer. Ni si cela avait été le cas, un jour. Elle ne savait pas ce qui l'excitait et il n'avait jamais su lui donner du plaisir. Pourtant, elle avait longtemps essayé d'entretenir une vie intime avec lui en testant divers jeux sexuels, en le surprenant et, parfois même, en se déguisant. Puis, elle avait fini par se rendre à l'évidence : ils n'étaient pas compatibles sexuellement, voilà tout. Cependant, Hector était un père tellement investi – d'aucuns diraient surinvesti – et il œuvrait chaque jour pour l'équilibre familial en accomplissant les tâches élémentaires qui permettaient à chacun de cohabiter sans mal. Oui, c'était bien ça, Simona et Hector étaient des colocataires qui respectaient parfaitement les règles du « vivre ensemble » et Hector était, en bonus, un bon père ce qui suffisait à Simona pour rester avec lui. Ces derniers temps, seulement, l'attitude de son compagnon la troublait. Il sombrait de plus en plus dans des moments d'absence où son visage se crispait sous l'effet de pensées noires qui assaillaient son esprit. C'était du moins ce que Simona interprétait. Ils étaient du genre à toujours avoir cultivé un jardin secret et elle n'imaginait pas un seul instant le questionner à ce sujet. Alors, elle émettait des hypothèses : des problèmes au travail ? une maladie qu'il lui cachait ? des soucis financiers ? Elle aurait presque aimé que l'une de ces suppositions soit la bonne mais elle n'y croyait pas. Elle se voilait la face. Volontairement. Les signes étaient trop voyants pour qu'elle passe à côté : Basile et Hector ne s'échangeaient même plus un regard et cela depuis ce fameux soir où elle était rentrée de son club de lecture en trouvant son conjoint prostré dans la cuisine et un *t-shirt* de son fils maculé de sang animal dans le panier à linge sale. Fidèle à son fonctionnement, elle n'avait pas posé de questions ni à l'un ni à l'autre. De plus, Basile étant un adolescent renfermé, vouloir le faire parler aurait envenimé la situation à défaut de la clarifier.

– Moi, j'ai envie de toi.

La voix éraillée d'Hector la tira de ses réflexions. Simona avait dû rester un bon moment plongée dans ses pensées puisque son compagnon avait eu le temps d'ôter son pyjama et de jeter la couette au sol. Sans attendre son consentement, il la retourna sur le ventre, baissa son bas de pyjama et s'introduisit en elle avec une telle violence qu'elle ne put s'empêcher de pousser un hurlement.

– Calme-toi ! parvint-elle à articuler.

Son imploration n'eut pas l'effet escompté. Hector durcit ses mouvements de va-et-vient et plaqua la tête de Simona contre l'oreiller en continuant ses coups de rein qui meurtrissaient les fesses de sa compagne, réduite à l'état de poupée gonflable. Des bruits sourds réguliers, tels des battements de cœur terrifiants, emplissaient la pièce en ricochant sur les murs rouge sang.

*

« Calme-toi ! »

Hector était incapable d'écouter Simona qui tentait de l'apaiser par tous les moyens. Il n'était plus lui-même. Il avait la sensation d'être incomplet comme un puzzle auquel il manquerait une pièce essentielle. Pas un des bords sans motif apparent, non, plutôt une pièce centrale sans laquelle le puzzle n'aurait aucun sens, aucune raison d'être. On l'avait amputé d'un membre. Et ce membre, cette extension de son corps, de son âme et de son esprit, c'était Basile. Pour la première fois, Hector avait accepté de le laisser passer une nuit chez ses grands-parents et il regrettait déjà sa décision. Pour faciliter la séparation, il s'était mis à boire plus que de raison – ce qui n'était pas dans ses habitudes – et était monté dans son bureau pour ne pas voir les parents de Simona emporter son fils loin du cocon qu'il n'avait jamais quitté. Là, il avait frappé les murs jusqu'à s'ouvrir les phalanges et défoncer le placo. Quand il était redescendu, Simona l'avait regardé, épouvantée, s'asseoir dans le canapé et se figer un long moment comme s'il se mettait en veille en attendant le retour de son fils. Hector sentait sa gorge se nouer étrangement. Il avait la sensation que la multitude d'émotions qu'il éprouvait simultanément y étaient localisées. Colère. Honte. Perte de repères et d'identité. Dégoût de lui-même. Sa voix avait soudainement changé. Elle était devenue rocailleuse. Simona l'entendit pour la première fois lorsqu'Hector avait déclaré :

– Je monte dans la chambre de Basile. Ne me rejoins pas s'il te plaît.

Cette voix, elle allait devoir s'y habituer car aucun spray n'aura jamais la capacité de lui faire recouvrer l'ancienne.

Hector s'était glissé sous les couvertures du lit de Basile. Il avait serré contre son cœur les rares peluches qui s'y trouvaient encore. Il avait écouté le CD que son fils passait le soir pour s'endormir. Puis, il s'était assoupi, en position fœtale, espérant qu'effectuer les mêmes rituels que Basile le connecterait à lui, qu'il pourrait jouer à la fois le rôle du père et du fils pour mieux supporter la séparation.

Le lendemain, au retour de Basile, Hector avait fondu en larmes et supplié son fils de dormir avec lui pour les jours à venir. Devant son refus et l'incompréhension de Simona, Hector avait promis qu'il changerait, qu'il ferait tout pour laisser Basile voler de ses propres ailes, qu'il prendrait du recul sur la situation. Tant qu'on ne le forçait pas à aller consulter. Il fallait lui faire confiance. Après tout, sa réaction n'était pas si anormale, tous les bons parents avaient du mal à se détacher de leur enfant. Surtout d'un enfant unique. Un enfant unique de dix ans.

*

Ce souvenir hantait Hector pendant qu'il abusait de Simona sous le regard d'une représentation d'Aïdôneus qui paraissait prendre vie sur le mur. Il n'avait plus conscience de ses gestes, de l'humiliation qu'il lui infligeait, du viol qu'il commettait. Puis, le visage de David remplaça celui de Basile dans l'esprit d'Hector. L'adolescent était devenu la cible à abattre. À la fois le catalyseur et le réceptacle de son *hybris*, son comportement démesuré inspiré par une passion

dévorante et débordante, à la manière d'un personnage mythologique sous la plume de Sophocle.

Au moment où Hector s'apprêtait à jouir,
qu'il focalisait toute sa haine sur David, Simona par-
vint à se défaire de son étreinte et à lui assener un
coup de genou dans les parties génitales. Hector
s'écroula hors du lit et Simona, malgré les larmes
dans ses yeux, put distinguer l'expression déformant
le visage de l'homme qui venait de la violenter. Ce
n'était pas celle de la douleur. Un masque monstrueux avait pris possession du visage d'Hector.

QUINZE

Une petite boule lumineuse semblable à une luciole tournoyait au milieu des nuages vert absinthe qui surplombaient la Cité d'Atropos-sur-Léthé. Elle voleta au-dessus de la maison de Raymond Lulle avant de prendre la direction de la Tour de Jehan l'Occultiste. Elle se posa un instant sur les vestiges du Donjon de Clodebert III l'Implacable puis remonta le fleuve au bord duquel deux hommes, l'un en costume de chevalier, l'autre de Bouffon, dansaient l'estampie près de l'ancienne halle aux blés. Enfin, la lueur tourbillonnaire se faufila à travers une fenêtre entrouverte de la caravane de Jacques.

Le cruciverbiste – ou verbicruciste, si vous préférez – dormait à poings fermés, bien aidé par les *shots* d'eau-de-vie de prune qu'il avait partagés avec Emma et Dan un peu plus tôt, calant ses ronflements sur le tic-tac d'une pendule à coucou. La petite boule lumineuse se posa délicatement à l'extrémité de la Pyramide d'Orgonite puis, dans un souffle imperceptible, sembla s'éteindre. C'est alors que l'objet mystique émit un rayonnement lumineux et une forte chaleur, de sorte que Jacques fut instantanément tiré des bras de Morphée. À peine eut-il le temps de se brûler la rétine sur la pyramide devenue incandescente que celle-ci perdit de son intensité pour ne plus diffuser qu'une faible lueur qui n'éclairait pas plus loin que la table où elle trônait.

Jacques chaussa ses lunettes de nuit et découvrit que la lumière ne permettait de visualiser clairement qu'une unique chose dans la caravane : la grille de mots-croisés qui lui avait indiqué qu'Emma et Dan avaient trouvé une pierre sous leur douche. Sauf qu'à la place de certaines lettres, des chiffres étaient apparus. Voici ce qui remplissait à présent les cases :

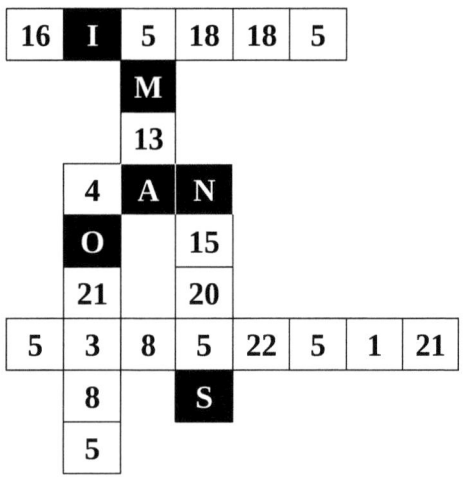

Jacques essuya consciencieusement ses verres de lunettes puis son verre à *whisky* et, après s'être servi quelques doigts du liquide ambré aux reflets dorés, s'attela au décryptage de cette nouvelle grille. Il voulait prouver à Emma et Dan qu'il était indispensable à la résolution de ce qu'il nommait « le Mystère de la Pierre ». (Jacques n'avait jamais eu beaucoup d'imagination pour les titres accrocheurs mais il se satisfaisait amplement de sa rime pauvre.)

Il commença par s'intéresser aux lettres car elles étaient moins nombreuses que les chiffres, ce qui était selon lui un bon critère pour choisir ce point de départ. Il écrivit les quatre mots suivants sur un bout de papier : *maison*, *aimons*, *amnios* et *Simona*, puis tenta différentes combinaisons pour les relier entre eux.

Nous aimons la maison de Simona.
Que faire d'« amnios » ? Qui est Simona ?
Où se trouve cette maison ?

Nous aimons l'amnios de Simona.
Simona serait-elle une tortue luth ?

Nous aimons Simona et son amnios, qui est un peu comme sa maison.
Pourquoi Simona voudrait-elle se protéger ?

De dépit, Jacques souffla dans le goulot de la bouteille de *whisky* pour produire un son qui ne ressemblait pas du tout à celui du contrebasson. Cet intermède musical le calma et il décida de laisser de côté les mots pour s'intéresser aux chiffres. Qui étaient peut-être des nombres.

Au premier coup d'œil, Jacques se rendit compte que le code de substitution A1Z26, où chaque lettre est remplacée par son nombre dans l'alphabet, suffisait à comprendre le rapport entre les mots anciennement présents dans la grille et les chiffres récemment apparus. En revanche, trouver un sens à ceux-ci pouvait lui prendre des années. À vue de nez. Jacques estimait qu'il existait des milliards de combinaisons. À vue de nez, là encore.

De dépit, une nouvelle fois, Jacques tapa du poing sur la table. (Ce qui aurait eu pour effet de faire s'entrechoquer les glaçons dans son verre mais ce n'était pas le cas, précisons-le, car il n'y en avait pas.) Le coup fit tressauter une petite croix en bois accrochée au mur et celle-ci tomba aux pieds du cryptographe amateur. Il la ramassa et l'observa, nostalgique, se remémorant cette tradition héritée de sa défunte mère qui consistait à pourvoir chaque pièce de la maison d'un crucifix bien que sa famille n'ait jamais cru en un Dieu unique.

Puis, vint la révélation.

Les deux bâtons de bois symbolisaient deux lignes d'une grille de mots-croisés, l'une verticale, l'autre horizontale. Il fallait donc lire, sur la feuille qu'il tenait de nouveau dans ses mains, deux suites de chiffres : la première émanant des lignes verticales, la seconde des lignes horizontales. Jacques choisit cet ordre en fonction de la forme même de la croix dont la partie verticale est plus importante. Il inscrivit donc sur son bout de papier :

```
51342138515205
1651818545385225121
```

Jacques relut un par un les mots trouvés à l'aide des cases noircies et chercha leur lien avec les deux lignes de chiffres. Il s'intéressa particulièrement à « maison » qui lui semblait le plus évident pour le moment. Quel rapport pouvait-il y avoir entre ces chiffres et une maison ? Un prix ? Non. Impossible. Une adresse ? Ce pourrait être des coordonnées GPS mais il manquait forcément une virgule quelque part dans l'hypothèse où il s'agissait de degrés décimaux. La croix l'avait mis sur la voie et il s'agissait d'un symbole formé de deux lignes. Jacques, comme guidé par la même force transcendantale qui s'emparait parfois de sa main pour écrire des prédictions, transforma donc les chiffres en deux nombres décimaux en ajoutant à chacun une virgule après le deuxième terme. Puis, il alluma son vieil ordinateur portable, se connecta à un site permettant de trouver une adresse à partir de coordonnées GPS et comprit qu'il avait visé juste avec l'aide de… ce quelque chose qui le dépassait. La maison localisée se situait à Atropos-sur-Léthé.

SEIZE

Éris observait, déçue, les trois morceaux de la reproduction de *L'homme au mouton* qui gisaient pathétiquement sur son bureau. Bertrand Maribas Sr., un vieil ami, ancien médecin généraliste récemment reconverti en restaurateur d'œuvres d'art, n'avait rien pu y faire. Éris le soupçonnait d'avoir vu dans ces trois fragments un signe funeste du Destin et donc de ne pas avoir osé y toucher. De toute sa collection de sculptures, cette réplique était sa préférée. Elle témoignait de sa profonde confiance en la nature humaine. Éris croyait en ses pairs, en un socle commun de bienveillance et d'honnêteté. En des valeurs qui, aujourd'hui, étaient étouffées par l'égoïsme et l'intolérance mais restaient enfouies en chacun de nous. On la qualifiait parfois de Bisounours, de carpette voire d'hypocrite quand la violence ordinaire ambiante empêchait d'entrevoir la possibilité qu'un acte altruiste puisse être sincèrement désintéressé.

La bienveillance était au cœur de sa vie personnelle autant que professionnelle. Dans une petite pièce de la maison coincée entre les toilettes et la salle de bains, elle avait aménagé un espace propice à des séances de sophrologie. Le thème de la forêt y était prédominant. Des bonsaïs dans des pots en fausse écorce rivalisaient avec des branches biscornues qui semblaient sortir des murs. Un énorme tapis mordoré aux effets craquelés donnait l'impression de se mouvoir sur un tronc d'arbre géant. Les pieds de la table et des chaises s'enracinaient dans une moquette vert gazon et une collection de feuilles d'automne décorait la plupart des murs. Symboliquement, la forêt représentait la vie, en perpétuelle évolution. Les feuillus évoquaient un cycle bienfaisant, en se dépouillant puis se recouvrant chaque année comme on fait peau neuve. Selon Éris, les Hommes devaient s'inspirer de l'arbre pour mettre en communication les trois niveaux de l'Univers : le souterrain à travers les racines qui fouillent les profondeurs où elles s'enfoncent (l'introspection), la surface de la terre à travers le tronc et les premières branches (l'apparence), les hauteurs à travers la cime attirée par la lumière (le dépassement de soi). Elle faisait tout son possible pour permettre à ses patients de laisser rayonner leur bienveillance, enfouie en chaque être. Celle-ci devait être orientée vers l'autre mais aussi vers soi-même. Il était nécessaire d'accepter ses propres émotions et ressentis sans les juger négativement, d'être à l'écoute de son corps et de ses sensations.

Le principal écueil qu'Éris avait du mal à éviter était de ne pas tomber dans une caricature de la bienveillance, qui l'amènerait à se dédouaner de ses responsabilités envers les autres ou à se cantonner à une forme de gentillesse sans nuances. Placer l'humain au centre des préoccupations, c'était accepter l'autre dans son entièreté, faire preuve de compassion et d'empathie, sans néanmoins tout relativiser ou tolérer chaque comportement sans sourciller. Le plus difficile était de comprendre les adolescents pour les guider sur le chemin de l'acceptation de soi et d'autrui. Éris était peinée de si peu les comprendre malgré toute l'énergie qu'elle mettait à aider ceux qui venaient la consulter. Son fils, David, faisait partie de ces jeunes personnes insaisissables qui se battaient contre leurs émotions faute de savoir les canaliser. Rien que le fait de nommer une émotion était un sujet tabou, presque une marque de faiblesse dans un monde qui accorde plus d'importance aux façades qu'à ce qu'elles cachent.

Éris se mit à pleurer doucement au-dessus de la statuette brisée. La pièce parut devenir soudainement humide comme si ses larmes emplissaient l'espace ou – au contraire – étaient absorbées par les éléments qu'elle avait choisis et disposés avec passion. C'est ce moment que choisit David pour frapper à la porte et entrer sans attendre qu'on l'y invite. Il s'arrêta net devant le visage de sa mère qui essayait maladroitement de masquer ses pleurs. David remarqua les morceaux de la sculpture sur lesquels perlaient quelques gouttes d'eau salée. Au fond de lui, des sentiments inqualifiables se bousculaient et s'efforçaient de se métamorphoser en mots pour jaillir par ses lèvres et envelopper sa mère de paroles réconfortantes. La bouche de David se tordait en des expressions de douleur mais aucun son n'en sortait. Finalement, il déclara forfait et décréta un peu sèchement :

– J'y vais. Ils m'attendent au Club de *Gaming.*

– Tu ne veux pas rester avec moi ? implora malgré elle Éris, qui aurait aimé que sa question paraisse plus joviale que désespérée. Il y a une rétrospective sur Jacques Tourneur au cinéma. Je crois que ce soir on passe *Tout ça ne vaut pas l'amour* ou alors *Pour être aimé*. On achètera des *pop-corn.*

David ne laissa pas le temps à son corps de le torturer de nouveau.

– Désolé. Je…je peux pas.

Il sortit aussi brusquement qu'il était entré, laissant Éris dans sa contemplation des éclats de l'*Homme au mouton*, assise sous des branches bien trop hautes pour qu'elle puisse s'y accrocher. Inconsciemment, elle tritura l'œil-de-tigre pendu à son cou.

Dylan et Dorian s'embrassaient dans le chemin le long de la maison qu'ils appelaient entre eux « la baraque biscornue » car les murs étaient tous différents, les fenêtres avaient des formes bizarres et trois tuiles s'étaient perdues au milieu des ardoises du toit. Les deux adolescents venaient là régulièrement, le jeudi soir, pour se donner du plaisir à l'abri des regards. Principalement de celui de David. Il était étrange de cacher une telle relation aux yeux de quelqu'un que l'on considérait comme un meilleur ami. D'autant que Dylan et Dorian n'avaient pas l'intention de garder longtemps secrète cette idylle qu'ils vivaient depuis plusieurs mois. Seulement, David ne supporterait pas d'être le dernier mis au courant, ce qui pouvait se comprendre, mais les deux garçons s'étaient rendus compte qu'ils étaient bien incapables d'anticiper la réaction de leur copain. Ils connaissaient par cœur ses goûts et les blagues qui le faisaient rire. Ils terminaient souvent ses phrases et lui faisaient des passes à l'aveugle pendant leurs parties de football. Mais ils ne savaient rien de ce qu'il ressentait. David était une boule d'émotions imprévisible. Ils l'avaient vu provoquer gratuitement le directeur de leur bahut mais venir spontanément en aide à Eliot. Il était terrorisé à l'idée d'avouer de bêtes accidents à sa mère mais la rembarrait dès qu'elle lui témoignait de l'amour. Comment réagirait-il lorsque Dylan et Dorian lui avoueraient être homosexuels ? Aurait-il un de ces moments d'absence qui inquiétaient ses amis ? Et qu'en résulterait-il ?

Alors que Dorian glissait sa main dans le pantalon de Dylan, une voix nasillarde interrompit leurs caresses.

– Saquerlotte ! Je vous tiens ! Ne bougez plus !

L'homme avait une tête en forme de butternut et un teint de potimarron. Les deux adolescents remarquèrent tout de suite qu'il portait trois paires de lunettes : une autour du cou, une sur le bout du nez et une sur le haut du front.

– Emma ! Dan ! Venez vite ! hurla-t-il en direction de la maison dont les volets étaient fermés et le store baissé. C'est pas possible… Je suis sûr qu'ils sont là. Aujourd'hui, c'est jeudi, et cette fois-ci je sais que je ne me trompe pas. Ils mettent toujours le son de leur télé bien trop fort.

Dylan et Dorian étaient coincés. D'un côté, Jacques leur barrait la route et, de l'autre côté, le chemin longeait le jardin des voisins qui y prenaient l'apéro avec des amis. Pour ne pas prendre le risque de voir ses proies s'enfuir s'il bougeait, Jacques ramassa une poignée de graviers qu'il lança de toutes ses forces sur le store de la baie vitrée. Quelques secondes après, Emma sortit sur la terrasse dans son habituel poncho informe – sans tâche de pâte de *saté* ce soir-là – et, contemplant les petits cailloux éparpillés devant la porte, elle déclara, blasée, à l'attention de Jacques :

– Je pense que je préférais le Morse.

Puis, elle se rendit compte de la présence de Dylan et Dorian. Sans détourner son regard des deux jeunes, elle appela Dan qui sortit dans son traditionnel peignoir troué sous les aisselles fermé à l'aide d'une écharpe du *HSV*. Emma lui donna un léger coup de coude et, du doigt, lui montra Jacques et les adolescents.

– Je venais vous voir pour vous montrer quelque chose de très important, expliqua l'homme à la tête de courge en sortant de sa poche la grille de mots-croisés remplie de chiffres. J'ai frappé chez vous plusieurs fois depuis ce matin mais vous n'étiez pas là… ou alors vous m'ignoriez.

– Tu sais, Jacques, ce n'est pas parce qu'on n'en parle pas qu'on ne travaille pas, déclara calmement Emma. On a tous les deux un boulot, ce qui explique qu'on a pu se payer cette maison.

– Et vous faites quoi, sans indiscrétion ? demanda Jacques, indiscret.

– Nous sommes des personnages de roman à plein temps, répondit Dan, inexpressif.

Jacques ne comprit pas la blague et ne sut d'ailleurs pas si c'en était réellement une. Il préféra recentrer le dialogue sur un élément qui faisait avancer l'intrigue, à savoir la présence de Dylan et Dorian dans le chemin, restés inactifs depuis quelques répliques.

– En tout cas, j'ai bien fait de revenir ce soir car j'ai pris ces deux zozos la main dans le sac. Ou plutôt dans le slip, uh uh.

– Qu'est-ce que vous venez faire ici ? les questionna Emma.

– On a besoin d'un endroit tranquille pour flirter, répondit Dorian, en toute honnêteté. Chez nous ou dans un parc, on pourrait se faire surprendre.

– Par vos parents, oui, je comprends, hasarda Dan.

– Pas vraiment… Plutôt par un ami dont on redoute la réaction. Mais ça vous regarde pas.

– *Primo*, si, ça nous regarde mon coco, s'énerva Emma qui cloua le bec aux deux adolescents d'un seul froncement de sourcils.

Dan remarqua qu'elle fronçait plus particulièrement le droit, ce qui signifiait qu'elle commençait sérieusement à se mettre en colère. Le gauche, c'était pour l'étonnement.

– *Secundo*, un ami dont on redoute la réaction, c'est pas vraiment un ami, reprit-elle. Et *tertio*, que vous vous rouliez des pelles dans le chemin, passe encore, je veux bien être tolérante, mais que vous laissiez traîner vos déchets, ça me met hors de moi.

– Ils font pas que se rouler des pelles à mon avis, précisa Dan, totalement gratuitement et avec un manque de tact remarquable.

– Vous parlez du *poppers* ? demanda Dylan. On en prend de temps en temps pour se marrer. C'est tout. Planer un peu ou se sentir euphoriques, ce qui n'est pas si courant dans ce monde de merde. Vous êtes du genre à croire que parce qu'on est homos on est obligés de s'enculer ? Qu'on a besoin de substances pour ça ? Qu'on a la dalle au point de le faire au beau milieu d'un chemin ?

Dan ne répondit rien. Il avait une nouvelle fois oublié de tourner sa langue sept fois dans sa bouche. Il pouvait lire la déception d'Emma dans ses yeux sans même les regarder. Il n'était pas coutumier des jugements hâtifs. Ou alors il ne s'en rendait pas compte.

– Bon, bon, tempéra Emma. Je comprends qu'à votre âge vous cherchiez un endroit tranquille, peu importe ce que vous y faites. Alors je vais faire ma profiteuse et vous proposer un *deal*. Le chemin est souvent attaqué par les ronces et elles empiètent sur notre terrasse. Avec Dan, on avait dans l'idée de débroussailler à fond et de monter une petite palissade juste le long de la terrasse. Sauf qu'on est pas vraiment manuels et qu'on repousse toujours le moment de le faire. Ou bien disons qu'on utilise nos mains pour autre chose.

Devant le sourire des deux adolescents, elle préféra préciser :

– Dan pour écrire et moi pour jouer de la guitare. Bref. Vous venez débroussailler et monter la palissade et, en échange, on vous laisse utiliser le chemin tant que vous voulez.

– N'oubliez pas que c'est mon chemin, glissa Jacques.

– N'oubliez pas, alors, que c'est à vous de l'entretenir, répliqua Emma.

– En tous les cas, vous n'oubliez pas de nous prendre pour des cons, enchaîna Dorian. Un débroussaillage et une palissade contre l'utilisation d'un bout de chemin plein de ronces, pas protégé et pas éclairé ? Vous vous foutez de nous ? Écoutez… On est vraiment désolés pour le dérangement et pour avoir laissé traîner nos merdes. On a pas d'excuses de ce côté-là. Mais on va s'arrêter là. Y en a marre de se planquer et vous avez raison, Madame. Si notre ami en est vraiment un, il acceptera notre relation. Il s'en réjouira même. Si vous voulez bien nous donner un sac poubelle, on va ramasser nos déchets et vous laisser. Encore pardon et merci pour votre tolérance.

Dan, une fois de plus de manière complètement inappropriée, leur donna une tape, qu'il voulait amicale, dans le dos. Emma leva les yeux au ciel et alla chercher un sac plastique qu'elle tendit aux garçons qui firent le ménage en un rien de temps puis filèrent en faisant un vague signe de la main. Jacques en profita pour s'avancer nonchalamment jusqu'à la terrasse.

– Je peux entrer ? C'est vraiment très important. Ça a un rapport avec… notre mystère.

– Au point où on en est, soupira Dan. Maintenant qu'on a bu une petite prune, j'imagine qu'on a tissé des liens forts.

Il était vraiment difficile de cerner l'humour de Dan, se dit Jacques en pénétrant dans la maison.

David marchait distraitement vers le centre socio-culturel qui accueillait le Club de *Gaming*. Pourtant, c'est à un autre club qu'il participait depuis plusieurs mois, celui de lecture. Il ne savait pas pourquoi il cachait à sa mère sa passion des livres et qu'il se sentait obligé de mettre à fond le son de sa console pour faire croire qu'il jouait alors qu'il se plongeait dans des romans d'*heroic fantasy*. Lire n'avait rien de honteux mais il avait la sensation que cette activité ne collait pas à son personnage. Ou plutôt à celui qu'il essayait d'interpréter mais dont le profil lui échappait souvent. Certains jours, il souhaitait être aussi destructeur que Sauron, d'autres fois aussi mystérieux que Gandalf, de temps en temps aussi bon que Sam. David avait peur que ses choix lui collent à la peau et façonnent son identité au point d'être figé aux yeux des autres dans une personnalité immuable dont il devrait se satisfaire toute sa vie sans possibilité d'évolution. Cette phrase tortueuse symbolisait bien son perpétuel conflit intérieur qui provoquait si souvent ses longs moments d'absence.

David ne se rendait pas compte que ses réflexions le détournaient du chemin du club et qu'il marchait à présent sur le trottoir d'un lotissement dans lequel il n'avait jamais mis les pieds. Il évita de justesse un lampadaire sur lequel était placardée une affichette de la *Fête de la Feuillée,* le rendez-vous annuel incontournable de la Cité. Au même moment, une voiture passait lentement dans la rue, le coffre rempli de valises et de sacs de voyage. Si David avait pu voir la tête de la conductrice, il aurait observé le visage bouffi de pleurs d'une femme fuyant un compagnon devenu incontrôlable à cause de l'amour destructeur qu'il portait à son fils.

David fut bientôt tiré de ses pensées par des éclats de voix étonnamment familières. Il reconnut immédiatement celles de Dylan et Dorian. David s'étonna qu'ils soient ensemble un soir où il aurait dû se trouver au club. Les Trois D ne se voyaient pourtant jamais séparément, c'était une règle tacite.

Les voix semblaient provenir d'un jardin surplombé par une maison pour le moins insolite. Il s'approcha du portail entrouvert sur une volée de marches menant à une terrasse trop surélevée pour qu'il puisse voir qui s'y trouvait. Prudemment, il grimpa l'escalier à quatre pattes jusqu'à apercevoir ses deux amis qui discutaient avec un jeune couple et un homme à tête de… pâtisson. David remarqua que le pantalon de Dylan était déboutonné. Pourquoi donc était-il venu pisser dans ce chemin ? Il n'eut pas à faire trop d'efforts pour entendre leur conversation.

– On a besoin d'un endroit tranquille pour flirter, disait Dorian, d'une voix assurée. Chez nous ou dans un parc, on pourrait se faire surprendre.

– Par vos parents, oui, je comprends, répondit le jeune homme, machinalement.

– Pas vraiment… Plutôt par un ami dont on redoute la réaction. Mais ça vous regarde pas.

Telle l'une des nombreuses sculptures de sa mère, David écouta l'échange sans même cligner des yeux jusqu'à ce que le propriétaire donne une claque sonore dans le dos de Dylan et Dorian, marquant ainsi la fin de la conversation, ce qui obligea David à se laisser glisser à plat ventre le long des marches jusqu'à regagner le trottoir et reprendre sa route à pas pressés. Il ne savait pas s'il était abattu, attristé, dégoûté, furieux, honteux, désabusé ou tout cela en même temps. Cependant, ce qu'il comprenait clairement sans avoir besoin de se torturer l'esprit, ce qui était pour une fois évident, c'est qu'il avait merdé. Pas seulement avec ses deux meilleurs amis mais avec tout le monde. Depuis trop longtemps. Le rendez-vous secret de Dylan et Dorian avait été un électro-choc.

Inconsciemment, il avait repris le chemin de sa maison. Il entra d'un pas décidé, pensant avoir enfin les idées claires pour exprimer ce qu'il aurait dû confier à sa mère bien plus tôt, ouvrit la porte du bureau d'où elle n'avait pas bougé et, au moment où il ouvrit la bouche, perdit toute confiance mais ne se démonta pas pour autant.

— Maman, il faut que je t'avoue quelque chose. C'est moi qui ai cassé la statuette.

David avait enfoui ses mains dans ses poches pour masquer leur tremblement.

— Pourquoi ne pas me l'avoir dit tout de suite ? Pourquoi cette mise en scène avec ton copain, Ethan ? demanda Éris, intriguée.

— C'est Eliot, maman. Et c'est même pas mon pote.

Après avoir longuement détaillé le bout de ses chaussures, il reprit :

— J'imagine que j'avais peur de ta réaction.

— Tu sais bien que je ne me mets jamais en colère, s'étonna-t-elle, sans aucun soupçon de reproche dans la voix. On aurait discuté, c'est tout.

— J'avais pas peur que tu te mettes en colère. D'ailleurs, tu m'as jamais engueulé et parfois j'aurais préféré. Ce dont j'ai le plus peur, c'est que tu sois déçue. Ça me terrifie ces expressions que tu prends quand je te fais de la peine. Quand je sens que je suis pas à la hauteur. Non, s'il te plaît, laisse-moi finir… Je sais bien que tu m'aimes comme je suis, que tu es fière de moi, que tu ne m'imposes pas d'être comme ci ou comme ça et que tu veux juste que je sois épanoui. Simplement, j'arrive pas à être aussi bon que toi. Je fais tout le temps des conneries et j'en ai honte. Mais c'est plus fort que moi et c'est ça le pire. Parce que j'ai pas de raisons d'en faire. J'ai tout ce que je veux et je trahis sans arrêt ta confiance. Je saurais pas expliquer pourquoi et j'en deviens dingue. Plus je m'enfonce, plus je fuis nos conversations, nos contacts. J'arrive plus à te dire que je t'aime, j'arrive plus à te faire des câlins, j'arrive plus à soutenir ton regard parce que je déteste qui je suis. Je supporte plus de pas te rendre ton amour. Le coup de la statuette, ça peut paraître que dalle et, pourtant, c'était la goutte d'eau. J'ai compris que j'assume aucune de mes erreurs parce que te rendre triste me tue mais, paradoxalement, je fais pas grand-chose pour te rendre heureuse. Maman, serre-moi dans tes bras, je t'en prie, je suis complètement paumé.

Si un badaud avait jeté un œil par la fenêtre de la maison de David et Éris, il aurait cru apercevoir une sculpture vivante de Niki de Saint Phalle tellement l'étreinte de la mère et du fils saturait la pièce de couleurs éclatantes aux formes vives et généreuses.

Jacques regardait Emma promener instinctivement ses mains sur son *legging* pour vérifier qu'il n'était pas troué aux mauvais endroits. Dan venait d'allumer un bâton d'encens à la forte odeur anisée. Ils étaient tous les trois installés sur des poufs en cuir de chèvre au milieu du salon.

– J'ai eu une révélation cette nuit, commença Jacques en posant la grille de mots-croisés remplie de chiffres bien en évidence sur le tapis oriental aux motifs asiatiques. Cette grille est celle que je vous ai montrée hier soir et qui comprenait initialement les mots *Emma, Dan, pierre, douche, notes* et *écheveau*. Comme vous le voyez, ils ont été remplacés par des chiffres mis à part quelques lettres. Des événements indescriptibles m'ont donné la clef du mystère et j'ai réussi à décrypter le message. Je…

– Quels événements indescriptibles ? le coupa Emma.

– Hé bien, puisque c'est indescriptible, c'est que c'est… indescriptible, bredouilla Jacques.

Puis, devant la mine sceptique du jeune couple, il poursuivit :

– La Pyramide d'Orgonite s'est mise à rayonner bizarrement. Elle n'éclairait que la grille de mots-croisés et je me suis senti attiré par elle comme par un aimant. Je réagissais à la manière d'un automate. Je n'avais pas l'impression de devoir réfléchir. Tout paraissait évident. J'ai commencé par remettre les lettres dans l'ordre ce qui a entre autres donné le mot *maison*. Puis, je n'ai pas eu à chercher longtemps le sens de tous ces chiffres. Un crucifix est tombé du mur et, là encore, c'était d'une évidence fulgurante. Le nombre deux. L'orientation des bâtonnets de bois. Le…

Cette fois-ci, c'est Jacques qui s'arrêta de lui-même. Serait-il possible, après tout ce qu'ils avaient vécu, qu'Emma et Dan ne le croient pas ?

– Vous doutez de moi ? s'enquit-il, sur la défensive.

– Avouez que ça fait beaucoup à encaisser d'un coup quand même, répondit timidement Dan.

– Vous trouvez une pierre magique qui vibre et joue des notes de musique quand on décrypte son message, vous me parlez d'une montre qui contient l'âme d'un défunt et vous tiquez parce que des lettres se changent en chiffres dans une grille de mots-croisés ? En plus, je suis certain que d'autres éléments vous ont perturbés ces derniers temps. Il n'y a qu'à voir vos têtes alors que je vous parle.

Les soudaines odeurs dans la maison. Les murmures et chuchotements. La guitare d'Emma qui jouait toute seule des notes de musique. Le corps de Dan qui avait échappé à son contrôle dans le chemin.

Une scutigère se promena sur la grille de mots-croisés en suivant les cases comme si elle respectait un itinéraire précis puis elle détala vers la salle de bains. Emma et Dan ne s'en soucièrent pas. Ils étaient figés et leur silhouette rappelait certaines statues de cire de Philippe Mathé-Curtz. Les ampoules du salon grésillèrent une fraction de seconde et Dan prit la parole d'une voix sourde.

— Je ne veux pas parler à la place d'Emma mais, en ce qui me concerne, je ne me sens pas toujours moi-même ces derniers temps. J'ai l'impression de me fermer, moi qui me croyais très ouvert. Je lutte contre une force indéfinissable qui me rend moins tolérant. Elle me fait dire des choses qui ne me ressemblent pas. Mais là, tout à coup, je me sens lucide et j'en profite pour vous assurer, Jacques, que je vous crois dur comme fer.

— Pareil, conclut Emma, qui savait être concise.

— Bien, sourit Jacques, en se frottant les mains. Je vais enfin pouvoir rentrer dans le vif du sujet. Les chiffres dans la grille de mots-croisés sont en fait des coordonnées GPS. Elles correspondent à la maison d'un certain Hector Maveliac. J'ai eu le temps de faire quelques recherches aujourd'hui en vous attendant et c'est le proviseur du collège-lycée Hermès Trismégiste.

– Si je comprends bien, la Pyramide vous a prévenu que ce M. Maveliac est lié à la pierre et donc à cette histoire de poisson. Voilà la seule personne qui peut nous aider à démêler l'écheveau. Contactons-le ! s'exclama Dan, excité comme Dick Kirrin en pleine aventure du *Club des Cinq*.

– Minute, papillon ! le freina Jacques. Rappelez-vous que la Pyramide, d'habitude dominée par le bleu, a viré au rouge depuis le dernier oracle. Cet homme représente donc un danger. Nous devons le neutraliser.

Devant le mutisme d'Emma et Dan, Jacques précisa sa pensée.

– Il suffit de lui faire croire que l'on sait.

– Que l'on sait quoi ? demanda Dan.

– Pour… pour… le poisson, lâcha Jacques. La grille de mots-croisés nous relie à la pierre et à Hector Maveliac. Le seul embryon de piste que nous ayons, c'est ce mot que nous avons déchiffré : *poisson*. Allons-y au bluff ! On le contacte et on lui dit qu'on sait tout à propos du poisson. Rien d'autre. On le laisse mariner, sans mauvais jeu de mots. Soit il nous ignore parce que c'est un coup d'épée dans l'eau, – qu'elle soit douce ou salée, uh uh –, soit il comprend qu'il est percé à jour et on avisera à ce moment-là.

– C'est pas des mots-croisés que vous auriez dû écrire, Jacques, c'est des blagues *Carambar*, ironisa

Emma. Donc on lui téléphone à ton Maveliac ? T'as vérifié qu'il est bien dans l'annuaire ?

– Je pensais plutôt lui envoyer un mail anonyme à son boulot. Ça montre qu'on a fait des recherches sur lui, voire même qu'on peut lui nuire professionnellement et ça, c'est flippant.

– Bonne idée, nota Dan qui se tourna vers Emma pour vérifier son approbation. Elle hocha la tête en imitant Nancy Drew plongée dans une enquête sous la plume de Caroline Quine. Quel nom on choisit pour l'adresse mail ?

Après avoir écarté *les_poissons_polissons, fish_la_trouille* et *thon_heure_raie_venue*, ils optèrent pour un nom plus sobre : *pierre_poisson*. En quelques minutes, le courriel fut envoyé.

De : Pierre Poisson
<pierre_poisson@coldmail.com>
Date: jeudi 12 nov. 2027 à 21:14
Subject: Tu es fait comme un gardon !
To: <Hector.Maveliac@Hermes-Trismegiste.fr>
Message body : On sait tout au sujet du poisson…

– Y a plus qu'à espérer qu'il morde à l'hameçon, soupira Jacques.

– Si vous comptez nous faire tous les jeux de mots autour du poisson, on a pas fini… râla Emma avant de bâiller longuement.

– Vous avez raison. Que diriez-vous plutôt de boire une petite prune pour fêter cette nouvelle étape de notre enquête ? s'exclama Jacques, en sortant une flasque d'une poche intérieure de sa veste.

Contre toute attente, Dan accepta, au grand dam d'Emma qui pensait s'être assez décrochée la mâchoire pour que chacun comprenne qu'elle n'aspirait qu'à se coucher.

Après quelques verres d'eau-de-vie, l'attitude d'Emma avait radicalement changé et elle s'était même lancée dans un concours de blagues dont l'apogée avait été atteint avec cette devinette :

– Que dit un loup de mer à une dorade rose ?

– T'as de « beaux yeux » tu sais !

De calembours en contrepèteries, l'atmosphère s'était détendue au point que les trois détectives amateurs étaient passés du vouvoiement au tutoiement sans même s'en rendre compte.

– Tu sais, Jacques, je pense que je t'ai mal jugé et ça ne me ressemble pas, s'excusa Emma d'une voix pâteuse. Au début, je t'ai pris pour un illuminé qui se la joue devin. Un peu comme une voyante devant sa boule de cristal dans sa caravane. Sauf que toi c'est devant des grilles de mots-croisés. Mais force m'est d'avouer aujourd'hui que tout ça c'est loin d'être du flan et je m'excuse d'avoir parfois été un peu moqueuse.

– Pareil, poursuivit Dan, qui savait lui aussi être parfois concis.

– Maintenant qu'on est plus intimes, racontenous un peu ta vie ! l'encouragea Emma. Tu nous as dit la dernière fois que tu es arrivé à Atropos-sur-Léthé il y a une dizaine d'années. Tu faisais quoi avant ?

– Ça n'a pas d'importance, bredouilla Jacques, soudain mal à l'aise.

En fait, Jacques ne souhaitait simplement pas se replonger dans un passé sur lequel il feignait d'avoir tiré un trait mais qui le poursuivait en réalité jusque dans ses moindres faits et gestes.

*

À l'époque, Jacques rêvait de devenir grand reporter pour un journal prestigieux. Après des années de persévérance, il avait fini par intégrer l'équipe de rédaction de l'*Hebdo(sauce)madaire* et s'occupait seul de la page des jeux intitulée « On t'a grillé ! » qui comportait chaque semaine trois grilles : une de *sudoku*, une de mots fléchés et une de mots-croisés. Jacques pouvait choisir ses propres thèmes et faisait voyager les abonnés à travers des définitions exotiques à défaut de faire le tour de la planète pour couvrir des sujets brûlants. De fil en aiguille, il avait pris goût à la création de ces jeux jusqu'à ce que cette activité se mue en passion. Et puis, alors qu'un matin il terminait une grille sur les sommets les plus hauts du monde, on lui avait appris que le journal était au bord du gouffre, qu'il allait falloir limiter la publication à l'essentiel et que les jeux passaient à la trappe.

En quelques mois, Jacques avait réussi à trouver un nouveau travail : employé d'une station-service située non pas au bord du gouffre mais d'une route plutôt touristique qui tenait la boutique à distance d'une hypothétique faillite. Jacques avait vu dans cette promesse de fréquentation perpétuelle la possibilité de conseiller les voyageurs quant à leur choix de magazine multi-jeux. Le nombre de clients qui en achetait était incroyablement élevé, du copilote qui tuait le temps sur le trajet des vacances au couple qui n'avait rien à se raconter sur la plage donc préférait noircir des cases en attendant que le soleil noircisse leur corps. Jacques ne s'ennuyait jamais et, faute de pouvoir prendre la route étant donné son maigre salaire, il découvrait l'Europe via les discussions emballées des touristes de passage pour une pause pipi.

Sa vie avait basculé, un soir, alors qu'il expliquait à un gang de *bikers* la différence entre une ronde des mots et des mots en rond. Une femme portant un boubou aux broderies hypnotiques avait glissé une pièce dans la machine à café à deux pas de Jacques. Tous ses sens s'étaient tournés vers cette sublime apparition. Il n'entendait plus le bavardage des motards mais avait distinctement perçu le froufrou du wax lorsque la femme avait tendu le bras pour récupérer son gobelet. Il s'était laissé pénétrer par les effluves de *Bint el-Sudan* quand elle l'avait frôlé pour s'asseoir à une table un peu plus loin. Il avait pris une grande inspiration pour aspirer l'air qu'elle venait de brasser en se déplaçant. Il avait goûté quelques gouttes de sueur qui perlaient sur sa moustache en chevron, très à la mode à l'époque. Enfin, il s'était permis un geste qui ne lui ressemblait pas : après s'être approché de la femme, il avait délicatement posé sa main sur son dos comme le font certaines personnes envahissantes pour entrer en contact avec un interlocuteur, comme si la seule parole ne suffisait pas. À peine ses doigts avaient-ils effleuré le tissu du boubou qu'il avait senti une vague de chaleur le submerger tandis que la femme était parcourue d'un long frisson. Elle s'était retournée en lui souriant, plus avec les yeux que la bouche, et avait simplement dit :

– Oui ?

Le geste de Jacques n'avait pas été prémédité. Il avait agi spontanément sans anticiper sa propre réaction ni celle de la femme. Pourtant, c'est avec une assurance inhabituelle qu'il lui avait répondu :

– Je peux vous offrir un café ?

La femme avait éclaté d'un rire grave au moment où Jacques se rendait compte du ridicule de sa proposition. Puis, elle avait porté le gobelet à ses lèvres, bu une gorgée du liquide fumant, pris tout son temps pour l'avaler et déclaré :

– À mon humble avis, vous avez encore plus besoin d'un café que moi.

Elle s'était levée pour se rendre une seconde fois à la machine, avait fait couler un double *expresso* et l'avait apporté à Jacques qui n'avait pas bougé d'un millimètre, tétanisé par sa gaucherie ou, plus vraisemblablement, par le coup de foudre qui venait de le frapper en plein cœur.

– Je m'appelle Aja, avait-elle annoncé, en tendant le café à Jacques qui s'en était saisi en ressentant une nouvelle vague de chaleur, pendant que tout le corps d'Aja frissonnait.

147

Des années plus tard, ils riaient encore de cette rencontre, allongés à l'ombre des pruniers du jardin d'Aja. Une rencontre digne d'une comédie romantique qui avait été le point de départ d'une grande histoire d'amour. Le couple s'était bien trouvé : Aja était rédactrice pour le guide de voyages *Périple et Cie* et faisait le tour des endroits pittoresques de la région mais rêvait plus grand, comme Jacques, en espérant avoir un jour les moyens de sillonner le monde. De sacrifices en privations, ils avaient réussi à acquérir une caravane pliante d'excellente qualité. Ils attendaient dorénavant de mettre assez d'argent de côté pour partir à l'aventure.

Puis, tout avait basculé.

Une nouvelle poignée d'années plus tard, Jacques se recueillait sur la tombe d'Aja, partie pour un autre monde qu'elle n'aurait jamais pensé explorer aussi tôt. Entre le diagnostic de son cancer et sa disparition, elle n'avait pu que rêver de pays lointains, que ni elle ni Jacques ne fouleraient jamais. Ce dernier avait acheté une maison délabrée et s'était installé dans la caravane pliante qui n'avait plus jamais quitté sa place. Pour se donner l'illusion d'oublier et de cicatriser, il s'était jeté à corps perdu dans les mots-croisés et dans l'alcool de prune. Quand il avait senti sa main, pour la première fois, écrire indépendamment de sa volonté « je t'aime » dans une de ses grilles, il avait d'abord pensé, plein d'espoir, qu'Aja lui faisait signe depuis l'au-delà. Par la suite, aucune nouvelle prédiction n'avait semblé le concerner directement et il en avait donc conclu que son traumatisme lui avait conféré le don d'avertir certaines personnes, comme Emma et Dan, d'un danger ou d'une énigme à résoudre, sans en comprendre vraiment ni le sens ni le but.

*

Jacques leva les yeux de son verre pour observer Emma et Dan qui attendaient sa réponse. Il trouvait ce jeune couple si touchant qu'il ne voulut pas partager avec eux ce fardeau. Aussi déclara-t-il :

— Je n'ai pas grand-chose à vous raconter. Vous savez, je crois n'être que ce que les gens pensent de moi : un drôle d'hurluberlu. Tellement paumé qu'il en a même oublié son passé. Vous ne devriez donc pas perdre plus de temps avec moi, au moins ce soir, et profiter d'un moment en amoureux pendant que je retourne à mes mots-croisés.

Sur ce, il vida son verre d'une traite, se leva et laissa Emma et Dan en plan, qui comprenaient intuitivement que Jacques souhaitait garder pour lui une histoire qu'il ne voulait pas leur infliger.

Julia cliqua sur l'icône représentant un alien dans une pizza-soucoupe. Elle commanda une calzone aux escargots. Puis, en attendant le livreur, elle se connecta à l'ordinateur d'Hector Maveliac pour *checker* son activité du jour. Elle ouvrit son historique et fit défiler les derniers sites qu'il avait visités. Étranges, ces recherches… Puis, elle lut ses derniers mails. Un premier message de la boutique *Festi-Fiesta* attira son attention : son costume pour la *Fête de la feuillée* venait de lui être livré. Bizarre, ce déguisement… Un deuxième message l'intrigua au plus haut point : un certain Pierre Poisson semblait le menacer. À moins que ce soit une simple blague. Julia ne perdit pas une seconde pour double cliquer sur le dossier qui contenait logiciels, mémo de lignes de codes et liens lui permettant de récupérer l'adresse IP de l'expéditeur du mail pour localiser précisément l'appareil depuis lequel il l'avait envoyé. En quelques minutes seulement, une petite flèche rouge pointait un rectangle sombre sur une carte d'Atropos-sur-Léthé. Julia zooma jusqu'à ce que la maison apparaisse distinctement à l'écran. C'était celle d'Emma et Dan, les *looners* qu'elle avait matés sur *Chatroulette*. Que faisaient-ils dans l'histoire ceux-là ? Qu'avaient-ils découvert ? Quelle était réellement la signification de ce « poisson » ?

Julia se replongea dans les archives de l'ordinateur d'Hector Maveliac qu'elle avait conservées depuis qu'elle le *stalkait*. Ces derniers jours, il paraissait étudier les mêmes documents et visiter les mêmes sites. Le puzzle était incomplet mais Julia sentait l'apparition imminente d'un danger. Elle ne pouvait précisément en connaître la nature mais elle savait où et quand il se matérialiserait.

Quand le livreur sonna, elle éteignit son ordinateur, glissa un billet sous la porte et récupéra la calzone. Elle s'affala dans le canapé, pensive, en se laissant porter par les premières notes du générique de

Twin Peaks dont le vinyle tournait sur la platine sans que Julia ne se rappelle l'y avoir mis.

Hector préparait des sashimis dans son vieux kimono protégé par son tablier *Best Dad Forever*. Lui qui d'habitude coupait en fines tranches régulières le saumon, le thon et la daurade avec une aisance insolente tremblait anormalement ce soir-là. Il finit par poser son fidèle couteau japonais pourvu d'une lame de vingt-quatre centimètres en acier inoxydable – une merveille – et récupéra son spray pour la gorge sur le comptoir avant d'en inhaler trois longues bouffées. Il n'était pas dans son assiette. Et il y avait de quoi. Basile ne lui parlait plus. Simona l'avait quitté. Mais ce qui le préoccupait le plus était ce mail reçu un peu plus tôt. D'aucuns pourraient trouver cet ordre des priorités plutôt étonnant mais Hector avait ses raisons de se méfier de ce prétendu Pierre Poisson. Son courriel n'était pas un canular. Il pourrait bien contrarier ses plans. Pourtant, Hector devait aller au bout de son projet. Il le fallait. Pour l'amour de son fils.

Hector se perdit un long moment dans la contemplation du couteau à poisson. Avec avidité, il inspecta le manche en polypropylène et poudre de bambou. Avec gourmandise, il caressa du regard la lame enrichie au molybdène et au vanadium qui incisait si sensuellement la peau et pénétrait si charnellement les entrailles. N'y tenant plus, il attrapa vigoureusement l'objet fascinant et fendit l'air en un geste démentiel. De nouveau, le masque monstrueux avait pris possession du visage d'Hector.

DIX-SEPT

Depuis plusieurs jours, Emma et Dan avaient retrouvé une vie paisible faite de promenades au milieu des arbousiers en fleurs, de lecture au milieu des fumées d'encens et de câlins au milieu du salon. Ils pouvaient dorénavant jouir à leur guise du soleil qui perçait à travers la baie vitrée et réchauffait leurs corps pourtant brûlants de désir. Plus personne ne prenait le chemin : ni les adolescents ni Jacques qu'ils n'avaient pas revu depuis l'envoi du mail à Hector Maveliac, resté sans réponse. Un flop auquel ils s'étaient tous attendus sans pour autant le verbaliser. L'excitation et la tension de l'enquête étaient progressivement retombées. Ils supposaient que Jacques aussi s'en était détourné mais projetaient de passer lui rendre visite sous peu pour lui montrer qu'ils ne s'intéressaient pas qu'à son talent de décrypteur mais qu'ils le considéraient maintenant comme un ami. Finalement, c'est la pierre qui les convainquit de se rendre chez le cruciverbiste plus tôt que prévu.

Une nuit, Dan, en pleine insomnie, perçut un murmure qui le fit penser à un film de Mario Bava qu'Emma lui avait montré. Ou alors était-ce Dario Argento. Il faudrait qu'il lui demande… Au chuchotement se mêla une odeur d'encens mais différente de celle des bâtonnets que Dan allumait parfois. Le jeune homme devait avoir l'esprit embrumé par son manque de sommeil car il aurait dû instantanément faire le lien avec le jour où il avait vécu une situation similaire dans le chemin avant d'aller chez Jacques. Sauf que, cette fois-ci, il avait la maîtrise totale de son corps qu'il déplaça avec difficulté – grosse fatigue oblige – jusqu'à la source présumée du murmure, c'est-à-dire le salon. Son regard se fixa tout de suite sur la pierre. Il faut dire qu'un caillou qui lévite en émettant de petits éclairs rouge vif, c'est assez voyant. Dans son dos, Dan sentit la présence d'Emma qui venait de le rejoindre, alertée par l'absence de son amoureux. Elle dormait toujours d'un sommeil léger au point qu'elle se réveillait à chaque fois que Dan allait aux toilettes la nuit, donc de quatre à cinq fois, selon la quantité d'infusions d'aspérule odorante ou de bières brunes ingurgitée. Dan prit le temps de s'extasier devant la beauté de l'amour de sa vie, complètement nue, totalement envoûtante. Il sentit son sexe tendre le tissu de sa grenouillère. Il aurait voulu lui faire l'amour, là, à cet instant, mais une petite musique dans sa tête l'en dissuada. Non, en fait, il s'agissait d'une petite musique émise par la pierre.

– *Ré Do Ré Sol Sol Do Si*, chantonna Emma, qui paraissait hypnotisée par cette mélodie.

Tout à coup, elle tendit les bras à la manière d'un zombie dans un film de George A. Romero, se dirigea vers la porte d'entrée et se retrouva en quelques secondes sur la terrasse. Dan lui courut après et tenta de l'enlacer en s'exclamant :

– Qu'est-ce qu'il t'arrive ma chérie ? Tu vas attraper la crève ! Je sais que les deux ados ne viennent plus squatter le chemin mais c'est peut-être pas une raison pour sortir à poil comme ça au beau milieu de la nuit…

D'un geste d'une violence que Dan ne lui connaissait pas, elle le repoussa et il tomba sur les fesses en plein sur une bogue de châtaigne. Tout en se frottant vigoureusement le derrière, il alla rapidement chercher son vieux peignoir troué sous les aisselles dans la salle de bains et retourna dans le jardin pour se rendre compte qu'Emma descendait le chemin en direction de la caravane de Jacques. Il la rattrapa en suffoquant et eut à peine le temps de jeter le peignoir sur ses épaules avant qu'elle ne toque à la porte. Il mit à profit les quelques secondes que prit Jacques à ouvrir pour réajuster le vêtement de sorte qu'il ne dévoile pas trop l'anatomie d'Emma. Lorsqu'il apparut sur le seuil de la caravane, Jacques ne regarda ni Emma ni Dan dans les yeux.

– Vous tombez bien tous les deux, souffla-t-il, plus à destination des seins de la jeune femme que du couple. Entrez.

En pénétrant dans l'antre du cruciverbiste, une Pyramide d'Orgonite en lévitation qui lançait de petits éclairs rouge écarlate les accueillit. Jacques se tourna vers le buste d'Emma.

– Je suppose que vous n'êtes pas venus par hasard.

Dan lui raconta le comportement similaire de leur pierre tout en resserrant les pans du peignoir d'Emma qui ne réagissait plus. Jacques chaussa ses lunettes de nuit et Dan lui lança un regard glaçant.

– Le dénouement de notre enquête se rapproche, poursuivit le cruciverbiste. Votre pierre et ma Pyramide nous préviennent que le mal rôde, que le danger est imminent. Et je crois savoir où et quand aura lieu la catastrophe. Regardez plutôt : la grille de mots-croisés a repris sa forme initiale, excepté de nouvelles cases noircies.

– Il n'existe qu'un seul mot contenant toutes ces lettres. Il s'agit de *cérémonie*. Et qu'est-ce qui a justement lieu demain ?

— La fête de la Cité, s'écria Dan, tiraillé entre l'ébullition, l'enthousiasme, l'exaltation et l'euphorie.

— Tout juste. Je pense donc que l'on peut se donner rendez-vous là-bas dès dix-neuf heures en ouvrant l'œil. Tiens, Dan, prends cette photo. C'est celle d'Hector Maveliac. Je l'ai trouvée sur le site de son collège-lycée. Il n'a pas répondu à notre mail mais il y a des chances qu'il soit présent demain et qu'il soit au cœur du mystère. Retournez dormir tous les deux. Nous avons tous besoin de repos avant cette journée qui s'annonce mouvementée. Et veille à ce que ta copine ne prenne pas froid…

Dan entraîna Emma en dehors de la caravane en sentant le regard de Jacques dans leur dos – probablement plus dans celui de son amoureuse – et celle-ci sembla reprendre ses esprits au fur et à mesure qu'ils regagnaient leur maison. De retour sur la terrasse, elle marmonna d'une voix éraillée :

— Qu'est-ce que je fiche avec ton peignoir qui pue dehors ?

— Faisons d'abord l'amour, lui proposa Dan, ensuite je t'expliquerai.

La porte se referma et, peu à peu, la buée envahit la baie vitrée.

Le lendemain matin, Emma et Dan s'étonnèrent de ne pas trouver Jacques dans sa caravane. Ils y retournèrent à de nombreuses reprises tout au long de la journée puis, dix-neuf heures approchant, ils se rendirent pour la première fois à la *Fête de la Feuillée*, incontournable pour les habitants du coin si l'on se référait aux annonces au mégaphone et aux affiches, panneaux publicitaires ou bien *flyers* qui constellaient la commune.

Elle avait lieu dans l'ancienne halle aux blés, un grand édifice soutenu par une admirable charpente composée de diverses essences tels le sapin, le châtaignier ou le chêne. Dominant le cœur de la Cité, elle avait la particularité d'être entourée d'immenses hêtres centenaires. Quelques années plus tôt, la halle abritait les boucheries municipales, ce qui justifiait la présence de deux horribles têtes de bœuf sur la façade comme deux verrues enlaidissant un si beau visage. À présent, elle était déserte une bonne partie de l'année mais se paraît de ses plus beaux atours deux jours dans l'année, lors de cette fameuse fête en l'honneur d'Ève de la Ribote, figure emblématique de la Cité.

Pour rendre hommage à ce personnage énigmatique sur lequel ni Emma ni Dan n'avaient trouvé d'informations et au sujet duquel les habitants semblaient peu bavards, les fêtards qui le souhaitaient pouvaient se déguiser en choisissant leur costume dans une liste établie par le maire lui-même. Ainsi, le jour J, Emma et Dan purent croiser un moine gyrovague, une fée alcoolique, un tavernier aveugle ou encore une trouvère déséquilibrée. Cette dernière les aborda d'ailleurs tandis que les deux amoureux détaillaient le buffet garni de civets de lapin aux épices, de gravés d'écrevisses et de brouets d'œufs au fromage, dressé sous une grande tente vert absinthe.

— Salut mes agneaux ! C'est la première fois que j'vous vois ici, j'me trompe ?

— La première et sans doute la dernière, marmonna Dan dans sa barbe de trois jours.

Emma lui donna un coup de coude, fronçant son sourcil droit en signe de désapprobation.

— Tu ne te trompes pas, confirma-t-elle dans un sourire qui se voulait détendu mais qui ressemblait plutôt à celui de Gwynplaine dans l'adaptation cinématographique de *L'homme qui rit*. Tu peux nous en dire un peu plus sur cette fête ?

— Tu sais, ici, personne ne sait vraiment qui était Ève de la Ribote. On vient surtout pour bouffer à l'œil et la plupart pour… l'*after*.

— Je pense que je vais le regretter mais ça me démange de le demander : c'est quoi cet *after* ? demanda Dan, sorti tout à coup de sa torpeur.

— On rejoue certaines scènes de célèbres fabliaux et récits médiévaux, expliqua la trouvère.

— Ça a l'air passionnant, ironisa Dan, sombrant de nouveau.

— Passionnant, j'sais pas, reprit la femme. Excitant plutôt. Personnellement, ma scène préférée est tirée du *Roman de Renart*. L'épisode du viol d'Hersent. J'suis déguisée en louve, j'me retrouve coincée dans un terrier et un gars que j'connais pas – ou une nana parfois – vient me prendre par derrière.

Emma et Dan restèrent muets. Non pas qu'ils étaient choqués – il leur en fallait bien plus – mais ils prenaient le temps de mettre des images sur les mots de la trouvère. Une puissante odeur de fromage à fort caractère les tira de leur méditation.

– Il arrache ce plat ! déclara Dan en indiquant le brouet.

– J'pense que ça vient de moi en fait, s'excusa la trouvère en plongeant la main dans son corsage pour en retirer un camembert coulant. J'suis déguisée en folle ce soir et le fromage était un de ses attributs majeur au Moyen-Âge. C'est aussi un moyen de me préserver d'un gars qui essaie chaque année de me la mettre entre les seins comme dans *Le vilain, le curé et l'âne*.

Tout à coup, les lumières s'éteignirent dans la halle qui ne fut plus qu'éclairée à la bougie. Un groupe de ménestrels, qui s'était installé pendant qu'Emma et Dan conversaient avec la folle, entama une pastourelle.

– Vous venez danser ? demanda la trouvère

– Un peu plus tard, peut-être, déclara Emma qui indiqua à Dan un homme en costume de sardine qui discutait avec un adolescent baraqué à l'autre bout du buffet.

La trouvère ôta ses chaussures en haussant les épaules et alla se mêler à la foule qui se trémoussait déjà au rythme de la guiterne et du frestel.

Dan sortit la photo que Jacques lui avait remis et, bien que le déguisement masquait une partie de son visage, ils reconnurent immédiatement Hector Maveliac.

– Il faut qu'on aille l'aborder, susurra Dan à l'oreille d'Emma.

– On devrait pas attendre Jacques d'abord ?

– On ne sait pas à quoi s'attendre. Mieux vaut tenter quelque chose tout de suite avant qu'il ne soit trop tard.

– Tu as raison. Bon, alors, comment on fait ?

Hector était extrêmement satisfait de son costume de sardine qui lui seyait à merveille. Avec un tel déguisement, il ne pouvait faillir à sa mission, celle de dispenser à son fils un amour incommensurable à travers un exemple édifiant : anéantir le monstre qui l'avait humilié. Il s'approcha de sa cible qui s'apprêtait à se servir une part de tarte aux fruits rouges.

– Bonjour mon garçon, commença Hector. Comment vas-tu ?

David mit quelques secondes à reconnaître son proviseur, engoncé dans cet accoutrement grossier. Il se sentit soudain très gêné. Il avait passé la nuit à sonder sa personnalité et à se remettre en question. Il avait tenté d'analyser certaines situations sans toutefois parvenir à justifier ses réactions exacerbées, notamment l'entartage de Basile ou bien l'épisode du moineau mort au CDI. Il pensait à Dylan et Dorian qui avaient préféré rester entre eux à l'écart de la fête. Hector dut remarquer son trouble car il le rassura :

– Ne t'en fais pas. Je viens en paix comme disent les aliens. Ah ah. Tu vois ? J'en arrive même à faire de l'humour. C'est dire si je ne t'en veux pas pour ce que tu as fait à Basile. Vous, les adolescents, avez des gestes tellement extrêmes. C'est sans doute une façon de vous protéger comme si la moindre petite faiblesse pouvait vous exclure du cercle des *leaders* et vous piéger à jamais dans celui des *losers*. Tiens ! J'utilise des anglicismes comme les jeunes maintenant. Je ne suis pas déconnecté de la réalité, tu sais. Je connais l'impact à long terme d'un léger incident dans la vie d'un adolescent. Un affront resté impuni qui sape définitivement toute confiance en soi. Une humiliation que seul un crime passionnel peut résoudre. Mais je m'égare… Les quelques cervoises que je viens de boire et l'image de Pamela Voorhees dans *Vendredi 13* me font divaguer. Tu as regardé le film cette nuit sur *Frissons TV* ? Peu importe. Ce qu'il faut que tu retiennes, mon grand, c'est que ni Basile ni moi ne t'en voulons.

David était perplexe. Que pensait le proviseur de son entartage ? Était-ce un geste extrême ou un léger incident ? Un affront ou une humiliation ? Quel rapport avec le crime passionnel ? Finalement, de quoi parlait vraiment Hector Maveliac ? Ses propos étaient décousus, presque incohérents. L'homme paraissait détendu et, pourtant, il ne cessait de triturer nerveusement son spray pour la gorge sans jamais le porter à sa bouche.

Comme si leur conversation était parvenue aux oreilles de Basile, ce dernier apparut sous la tente et planta son regard dans celui de David.

En entrant sous le chapiteau, Basile espérait que son père ne s'y trouverait pas. La faim l'avait entraîné vers le buffet d'où s'échappaient d'alléchantes odeurs mais il préférait rester le ventre vide plutôt que de croiser celui qui le mettait si mal à l'aise. Le comportement démesuré de son père l'avait souvent dérangé mais, ces derniers temps, son attitude insaisissable – moments d'absence, expressions faciales glaçantes – lui faisait presque peur. Et sa mère qui n'était plus là ce matin à son réveil… Son absence était forcément liée aux agissements récents de son père. Comme redouté, celui-ci se tenait en face du buffet à côté de David. Vraiment surprenant qu'il ne l'ait pas déjà attrapé par le col pour le secouer comme un prunier. On aurait presque dit qu'il lui parlait, tranquillement, le sourire aux lèvres, telles deux connaissances discutant de la pluie et du beau temps.

Basile s'apprêtait à rebrousser chemin lorsqu'une arrivée remarquée retint toute son attention.

Cachée sous un suaire grignoté par les mites, une forme titubante et hoquetante s'agrippait avec peine à l'épaule d'Eliot qui tentait tant bien que mal de ne croiser aucun des regards braqués sur le triste couple qu'il formait avec sa mère-ectoplasme. S'il avait cependant osé lever les yeux, il n'aurait observé aucune moue réprobatrice sur le visage des fêtards. Il y aurait vu de la pitié pour lui qui traînait cette femme-fantôme comme un boulet depuis sa naissance. Mais, hormis cette lueur d'empathie sur leur figure, aucun habitant d'Atropos-sur-Léthé n'avait jamais rien proposé d'autre à Eliot que ce masque de circonstance. Quelques personnes cachaient les bouteilles d'alcool au passage de la mère et de son fils, fiers d'avoir accompli leur bonne action annuelle. En longeant le buffet, le triste binôme bouscula un adolescent dont la besace tomba en déversant tout son contenu. Une sardine humaine s'empressa d'aider le garçon à ramasser les objets éparpillés. Trop occupé à faire le vide dans sa tête, Eliot ne reconnut ni David ni Hector Maveliac et continua sa promenade funèbre sans même s'excuser. En revanche, après quelques pas chancelants, un frisson inopiné le fit lever les yeux du sol et il croisa le regard de Basile qui le scrutait depuis l'entrée de la tente. Les muscles d'Eliot se contractèrent et il sentit son corps se tendre comme s'il voulait se déplier complètement, ne plus subir cette allure constamment voûtée. Le jeune garçon toisa sa mère qui n'avait jamais été aussi transparente. Quand il dégagea son épaule et qu'elle s'effondra, il ne fit aucun mouvement pour la relever et s'avança vers Basile. Les deux adolescents se tenaient maintenant à quelques centimètres l'un de l'autre. Ils s'observaient en silence. De l'extérieur, personne n'aurait imaginé qu'ils avaient tant en commun. Pourtant, Basile et Eliot n'avaient plus aucun doute : ils appartenaient à la même espèce. Celle qui – de manière particulièrement visible ou presque imperceptible – rentrait la tête dans les épaules, avait le cœur lourd comme un ciel chargé de nuages vert absinthe, broyait du noir et en voyait partout. Basile et Eliot se reconnaissaient, aimantés par des états d'âme qu'ils partageaient malgré les apparences. Malgré les rôles qu'on leur avait attribués : la Brute et le Gringalet, le Lourdaud et le Maigrichon, le Bourrin et la Mauviette…

163

Un éclair mauve illumina le barnum, forçant les fêtards à fermer les yeux quelques secondes. Quand ils les rouvrirent, l'Autre avec son bec-de-lièvre et l'Armoire à Glace se serraient dans leurs bras.

David avait manqué le câlin entre ceux qu'ils prenaient encore pour une victime et son bourreau. Il était occupé à tâtonner sous la table pour récupérer les derniers objets tombés de sa besace. Hector Maveliac lui prêtait main forte mais ses mouvements étaient en grande partie entravés par son déguisement de sardine. Quand il se releva, Hector vérifia que la seringue d'adrénaline de David était bien cachée sous son costume.

– Merci, bredouilla l'adolescent, en se disant que c'était bien la première fois qu'il remerciait son proviseur.

Hector hocha la tête et, pendant un instant, David crut voir passer une lueur monstrueuse sur le visage de l'homme. Puis, se rappelant soudain pourquoi il se tenait face au buffet, David chercha un couteau pour couper un part de tarte aux fruits rouges. Il avait entendu certains convives se plaindre de la présence d'un gâteau composé de fruits qui n'étaient pas de saison mais, même si le plat n'était pas très appétissant – les fraises, framboises et mûres ressemblaient étonnamment à des viscères –, David aimait trop ces trois ingrédients pour ne pas tenter l'expérience. C'était là pour être mangé, un point c'est tout. En revanche, que le seul couteau disponible soit en

164

partie rouillé le fit tiquer. N'ayant pas d'autre solution et habitué à ne pas faire la fine bouche, il s'empara du couvert oxydé et découpa un gros morceau de tarte.

De leur côté, Emma et Dan étaient toujours en pleine réflexion, se demandant s'il fallait aborder Hector Maveliac frontalement ou entrer en contact avec lui de manière anodine. Un événement inattendu décida finalement pour eux. Une jeune fille au rouge à lèvres noir flottant dans un large pull à capuche passa en trombe devant eux en hurlant :

– Stop, David ! Ne mange surtout pas cette part de tarte !

Julia passa comme une furie devant Emma et Dan, qu'elle avait reconnus en pénétrant sous la tente, et sauta sur David en éjectant l'assiette de ses mains. Puis, alors qu'un cercle commençait à se former autour d'elle, de l'adolescent et du proviseur, elle fusilla Hector Maveliac du regard et cracha d'une voix menaçante :

– Je sais ce que tu t'apprêtais à faire. Assassin ! Donne-moi ce spray !

Elle désignait le petit vaporisateur que l'homme serrait dans son poing. Après avoir longuement regardé autour de lui et se rendant compte que tenter de se dérober ne lui serait d'aucun secours, Hector le lui tendit, presque docilement. Il savait qu'il avait échoué mais, au moins, Basile, qui ne perdait pas une miette de la scène, serait témoin que son père avait tout fait pour le venger, que son amour était sans limite. Julia porta le spray à son nez, renifla et son visage se contracta en une moue dégoûtée.

— Du poisson… Tu as rempli ton spray avec un bouillon de poisson ou quelque chose du même genre et tu l'as vaporisé sur cette tarte. Tu as piqué la seringue de David pour qu'il ne puisse pas s'injecter de dose d'adrénaline en cas de choc anaphylactique. Le meurtre parfait… Je ne sais pas pourquoi tu veux tuer cet ado mais sache que je te surveille depuis quelques temps et j'ai des informations plus que compromettantes en ma possession. Tout peut être relié : la lecture de la fiche sanitaire de David qui précise son allergie mortelle puis, dans la foulée, les recherches de faits divers sur des morts après ingestion de poisson, cet achat d'un costume de sardine et, aujourd'hui, la découverte de ce spray devant tous ces témoins. C'est une tentative de meurtre avec préméditation. Je connais mes classiques. J'ai vu tous les épisodes de *Law and Order*.

Hector vacilla et, pour ne pas chuter, s'assit sur le bord du buffet, les fesses dans un ginestada. Contre toute attente, son visage ne se décomposa pas. Aucune terreur, désespérance ou contrition ne s'imprimèrent sur ses traits. Il n'attendait qu'une seule chose : que son fils se jette dans ses bras protecteurs. Que, par ce geste, il lui témoigne une confiance indéfectible et un amour ineffable.

Julia rompit le cercle des fêtards pour composer le dix-sept et téléphoner à l'écart de la foule. Elle savait qu'Hector ne bougerait pas, qu'il n'avait aucun intérêt à fuir. Basile profita de cette brèche dans l'attroupement pour s'avancer vers son père qui ferma les yeux en souriant béatement, attendant sa juste récompense.

– Est-ce que tout ça est vrai, papa ? Tu as vraiment voulu tuer David ?

– Oui, fiston. Pour te venger. Pour te montrer que, quoi qu'il arrive, tu pourras toujours compter sur moi pour te protéger. Par amour, je suis prêt à tout. C'est mon rôle de père et je l'honorerai jusqu'à mon dernier soupir.

Basile s'avança vers David, hébété, qui s'écarta. Puis, il saisit la tarte aux fruits rouges et entarta son père.

Emma et Dan, subjugués par la scène qui se jouait devant eux, sursautèrent lorsqu'ils entendirent des pas précipités dans leur dos. Ils regardèrent, bouche bée, Jacques et Éris rejoindre la foule, le premier pour inspecter le buffet et la seconde pour enlacer son fils. Le tableau valait vraiment le coup d'œil : des personnes en partie costumées dont un moine, une fée, un tavernier, une trouvère, massées autour d'un buffet médiéval, face à un homme-sardine au visage barbouillé de fruits rouges assis dans un saladier de crème sucrée au lait d'amande, une Armoire à Glace au visage enragé ainsi qu'une mère et son fils qui s'étreignaient vigoureusement. En se décentrant un peu, on pouvait remarquer une forme tremblotante sur le sol cachée sous un drap miteux, un garçon avec un bec-de-lièvre qui dégageait une assurance remarquable, un homme à tête de courge qui inspectait le buffet comme si de rien n'était et une jeune femme en noir qui signalait une tentative de « meurtre par vaporisation de bouillon de poisson ».

Emma et Dan tressaillirent une nouvelle fois lorsqu'un main se posa sur leur épaule. La jeune femme au pull à capuche les dévisageait, un sourire en coin.

– Alors, les amoureux, comment ça va depuis votre *show* sur *Chatroulette* ? Vous ne me reconnaissez pas ? Moi, je ne vous oublie pas. Je n'ai malheureusement pas le temps de revenir sur cette soirée mémorable car les poulets vont bientôt débarquer pour coffrer l'autre tordu et ça sent pas bon pour moi non plus. Récupérer des informations avec un logiciel d'espionnage, ça va me coûter cher… Donc je tenais juste à vous remercier. Je ne sais toujours pas ce que vous foutez dans l'équation mais, grâce à l'envoi de votre mail… enfin… celui de Pierre Poisson, vous avez confirmé certains doutes et j'ai trouvé la force de venir jusqu'ici, ce qui n'est pas vraiment ma tasse de thé. Vous avez permis à David de s'en sortir – par mon intermédiaire, certes – et vous m'avez donné l'occasion de me venger d'Hector Maveliac. Même si je ne pensais pas que ce serait de cette façon… En plus, j'ai l'impression qu'il ne m'a même pas reconnue. Il avait presque l'air heureux avant qu'il se mange une tarte, ce con. Au moins, il ne fera plus souffrir personne avant un petit moment.

Des crissements de pneus se firent entendre à l'extérieur de la tente.

— Je vous laisse, les *looners*. Et ne vous en faites pas pour ce mail qui pourrait vous causer des ennuis… J'en ai effacé toute trace. Restez comme vous êtes et protégez-vous de ce monde de dingues.

Sur ces étranges paroles, Julia – dont Emma et Dan ne connaissaient toujours pas le prénom – se dirigea vers les voitures de police.

— Qu'est-ce qu'elle voulait ? demanda une voix dans leur dos.

Jacques se tenait à leurs côtés, les mains dans les poches, comme si ce qu'ils venaient de vivre ne l'impactait pas.

— Je ne suis pas certaine d'avoir tout compris… répondit Emma, qui fronça les deux sourcils, le gauche pour l'étonnement provoqué par le monologue de Julia, le droit pour l'irritation provoquée par l'arrivée tardive de Jacques. Le plus important, c'est de savoir pourquoi tu ne débarques que maintenant.

— Je ne sais pas si c'est vraiment le plus important mais je vais te répondre : j'étais avec Éris, la mère de David. C'est elle, la sophrologue qui m'a remis la Pyramide d'Orgonite la fois où elle liquidait sa collection de pierres précieuses sur un vide-grenier.

— Là, j'ai vraiment besoin de m'asseoir, déclara Dan, qui se laissa tomber sur le sol, en tailleur. Les deux autres l'imitèrent.

— Cette nuit, quand nous nous sommes quittés, j'étais trop chamboulé et excité pour m'endormir. J'ai donc un peu forcé sur l'eau-de-vie de prune… Au point qu'aujourd'hui je ne me suis réveillé que vers quinze heures. Et ce qui m'a tiré de mon sommeil,

169

une fois n'est pas coutume, c'est la Pyramide d'Orgonite qui s'est mise à rougeoyer plus intensément que ces derniers temps. Elle illuminait encore notre grille de mots-croisés qui avait repris sa forme première. Mais, cette fois-ci, les cases se sont noircies l'une après l'autre en me laissant le temps de noter le message qu'elles me communiquaient. Voici à quoi ressemble la feuille à présent.

Jacques sortit de sa poche un papier froissé et le déplia pour permettre à Emma et Dan de découvrir cette ultime prédiction.

– Rue de Stein. Voilà ce qu'il faut lire. J'ai tout de suite cherché l'endroit sur le net et il n'y a qu'une seule maison dans cette rue. Celle d'Éris. Je m'y suis rendu et, dès qu'elle a ouvert la porte, je l'ai reconnue. Malgré ce que j'ai pu croire, je n'ai jamais oublié son visage… Au fait, vous noterez que *Stein* signifie « pierre » en allemand.

À ce moment-là, Éris laissa son fils se remettre seul de ses émotions, s'avança vers le trio et s'assit avec eux.

– Jacques m'a tout raconté. Il nous a fallu un peu de temps pour tout relier mais les différents éléments de… votre enquête – je ne sais pas si le mot est bien choisi – ont fini par s'imbriquer et j'ai compris que David courait un grave danger.

– Si on tourne de l'œil, on ne risque pas de se faire mal maintenant qu'on a le cul par terre, dit Emma, faussement flegmatique. Allez-y gaiement ! Essayez d'expliquer l'inexplicable…

Éris s'éclaircit la gorge, porta inconsciemment la main à son œil-de-tigre et commença :

– Vous savez sans doute que les pierres et les minéraux ont des vertus thérapeutiques. Elles communiquent avec notre corps et notre âme à travers ce que l'on pourrait qualifier de vibrations. Les pierres sont dotées d'une énergie incroyable et je ne suis pas en train d'élucubrer. C'est de physique quantique qu'il s'agit. Et, bien mieux qu'un discours théorique, il suffit de s'intéresser aux témoignages sur le sujet. Une calcite bleue qui a permis à un timide maladif de s'exprimer devant un millier de spectateurs, une citrine qui a transformé un égomane en altruiste dévoué, une ambre qui a aidé un asthmatique à devenir le champion de course de haies de son village.

La pierre qui vous a guidée jusqu'ici a des pouvoirs extraordinaires. Beaucoup pourraient la confondre avec la fameuse Labradorite Mystique de Cartwright que René de Laue, disciple de Jean-Baptiste Romé de L'Isle, assure avoir découverte en mille-sept-cent-soixante-dix-sept. Il s'était alors empressé de l'apporter à Ambroise Binlagen, alchimiste douteux qui avait soi-disant en sa possession le protocole permettant d'absorber toutes les ondes négatives du monde…à l'aide de la Labradorite Mystique de Cartwright. Vous suivez ? En gros, René de Laue a donné la pierre à Ambroise Binlagen en pensant que celui-ci pourrait chasser à tout jamais le mal qui ronge le monde depuis la nuit des temps mais il s'est fait arnaquer et on n'a jamais retrouvé la pierre. Mais peu importe… Ce n'est pas cette pierre qui est en votre possession.

— Et qu'est-ce qui vous dit que ce n'est pas celle-ci ? demanda Dan, qui avait encore oublié ce que lui répétait sa mère depuis sa tendre enfance : tourner sa langue sept fois dans sa bouche avant de parler.

— Vous avez regardé l'état du monde récemment ? rétorqua Éris, sans une once d'amertume. La pierre de Cartwright a le pouvoir de plonger l'univers dans un bonheur permanent... Celle que vous avez est un morceau de la Bienveillante Coramythe. Une gemme que je cherche depuis des années et qui se trouvait sous mes pieds. Enfin… Sous les vôtres depuis peu. Hé oui… Je vivais dans votre maison il y a quinze ans. Quand Thomas, mon ex-mari, m'a quittée, j'ai dû partir. Pourtant, cette maison et moi étions liées. Je ne me suis jamais sentie aussi apaisée et comblée que… chez vous. Il faut que j'apprenne à le dire sans regret. « Chez vous ». Voilà. Maintenant, je sais que vous méritez d'y vivre et je suis infiniment heureuse pour vous. Mais je perds le fil de ma pensée… Je parlais de mon lien avec cette maison. Pour être précise, il s'agissait d'un puissant lien avec la Bienveillante Coramythe qui, depuis Dieu sait quand, se trouvait sous le sol de la salle de bains. La pierre m'appelait, me faisait signe pour que je la découvre. Une odeur, un bruissement, une vibration. Elle voulait se nourrir de ma bienveillance pour retrouver son pouvoir initial. Car, ce que vous tenez entre les mains, ce n'est qu'un fragment de la pierre originelle. Son pouvoir est peu étendu. Il a été affaibli par le nombre de propriétaires à l'âme morne et avare qui l'entouraient. Trop peu de pureté de cœur : ses forces se sont épuisées. Mais, à vous deux, elle s'est de nouveau ouverte. Vous êtes bons, voilà tout, et c'est si rare. Par votre intermédiaire, elle a sauvé mon fils qui, quoi qu'on en dise, est bon lui aussi. Car la Bienveillante Coramythe tente de rendre les humains bienveillants et protège ceux qu'elle prend sous son aile.

– Comment se fait-il que la Bienveillante Coramythe se trouvait sous notre… votre maison alors que, comme par hasard, vous vous intéressez aux pierres ? souleva Dan, qui espérait – sans grand espoir – que l'explication serait simple et limpide car cette soudaine somme d'informations, de noms et de lieux lui donnait le tournis.

– Ce n'est pas complètement le fruit du hasard. Comme je vous le disais, je cherche cette pierre depuis des années, plus précisément depuis mon arrivée dans ma… votre maison.

Lorsque mon ex-compagnon a trouvé un emploi à Saint-Paul-en-Luzet, nous avons cherché à emménager dans le coin et on nous a orientés vers Atropos-sur-Léthé. Ce nom ne m'était pas inconnu et j'ai fini par retrouver sa trace dans un vieux magazine, *Mes héros les minéraux* (numéro cent-soixante-quatorze). Un article était consacré à Ève de la Ribote, figure tutélaire de la Cité. C'était une alchimiste du XIIIème siècle mais, contrairement à quelqu'un comme Marie la Juive, par exemple, son nom n'est pas passé à la postérité car les sources qui la mentionnent ne sont pas reconnues par la communauté scientifique. Dans les archives d'Atropos-sur-Léthé, on la présente comme une simple Dame Apothicaire qui aurait permis à Éléonore de Lusance de guérir de la variole. Cet épisode s'est mué en publicité pour la Cité qui a vu débarquer de nombreuses personnalités à la recherche de traitements miracles pour diverses maladies réputées incurables. Puis, Ève de la Ribote est tombée dans l'oubli. On a préféré mettre en avant ses homologues masculins comme Michael Scot, Roger Bacon ou Albert le Grand. Aujourd'hui, pour trouver des informations sur elle, il faut être capable de mettre la main sur des revues très spécialisées ou de visiter des sites internet pas ou peu référencés. Toujours est-il qu'Ève de la Ribote continue de passionner certaines personnes qui, comme moi, s'intéressent au pouvoir des pierres et sont persuadées qu'elles ont des propriétés qui dépassent l'entendement.

Quel est son rapport avec la Bienveillante Coramythe, me demanderez-vous ?

Selon un disciple d'Ève de la Ribote, celle-ci aurait retrouvé le pupitre en pierre sur lequel Euterpe, Muse de la musique, posait ses partitions lors de ses rares apparitions terrestres. Ève errait dans les décombres d'une église – dont elle ne cite malheureusement pas le nom – à la recherche de minéraux magmatiques ayant servi à sa construction. Elle explique avoir été guidée vers le pupitre par des chuchotements étranges et une odeur indéfinissable. Sans doute la voix et les fragrances d'Euterpe. On raconte qu'au moment où elle toucha le lutrin, un morceau s'en détacha et tomba en émettant une mélodie dont les sonorités rappelaient l'aulos, cette magnifique flûte double justement inventée par Euterpe. Puis, la Muse elle-même lui apparut en lui demandant de diffuser l'énergie de la Bienveillante Coramythe – c'est le nom que donna Euterpe ou, en tout cas, qu'Ève de la Ribote nous transmit – à l'échelle mondiale. Peut-être qu'Ève a été choisie pour ses pouvoirs, qu'elle était réellement capable de trouver un moyen de faire rayonner la pierre au point de rendre l'Univers bienveillant. On ne le saura évidemment jamais puisqu'Ève de la Ribote est morte dès son retour à Atropos-sur-Léthé, après avoir marché huit jours, luttant contre une terrible fièvre causée par la variole, le corps recouvert de pustules ombiliquées.

Toutes ces informations, je les ai récoltées plus ou moins au moment de mon emménagement à Atropos-sur-Léthé. Certains y croient, d'autres les prennent pour des légendes voire des inepties. De mon côté, je n'ai jamais douté de l'existence de la Bienveillante Coramythe même si je ne pense pas qu'elle soit arrivée entre les mains d'Ève de la Ribote comme je viens de vous le raconter. J'ai des croyances – certes – mais on ne peut pas pour autant me faire avaler des couleuvres. Je dirais juste que j'ai cessé de tout questionner depuis bien longtemps. Il faut parfois accepter l'inexplicable et laisser certaines choses nous échapper, vous ne croyez pas ?

Pourquoi des personnes dans le besoin déterrent des lingots d'or dans leur jardin ? Pourquoi des passionnés d'archéologie tombent sur des ossements humains préhistoriques dans leur potager ? Dans une cave, derrière un mur, sous un plancher… Combien existe-t-il de faits divers relatant la découverte d'un trésor, d'un objet inestimable, d'une précieuse relique dans une maison ? « Il n'y a guère à s'étonner si, au cours de longues périodes de temps, tandis que Dame Fortune erre de ci, de là, de nombreuses coïncidences se produisent spontanément » écrivait Plutarque.

Devant la mine ébahie de son auditoire, Éris précisa :

– Je n'ai aucun mérite. Je me suis déjà demandé de nombreuses fois pourquoi je savais, au fond de moi, que cette pierre me faisait signe. J'ai donc effectué des recherches sur le Destin – et tous ses synonymes – et je suis tombée sur cette citation que j'ai apprise par cœur. Je préfère parler de coïncidences heureuses plutôt que de me lancer sur une réflexion autour de la prédestination… Je me laisse porter par les événements. Le monde est bien assez complexe pour que je me torture consciemment l'esprit.

– Une chose me tracasse tout de même, confia Emma. Pourquoi la Pyramide d'Orgonite de Jacques s'est mise à se comporter comme la Bienveillante Coramythe ?

– Je suppose qu'une partie de moi y est toujours enfouie. Quand j'ai dû me séparer de ma collection de gemmes, mon âme s'est déchirée et certains fragments se sont accrochés aux pierres. Si vous trouvez cette explication trop tordue, vous pouvez imaginer que le pouvoir de la Bienveillante Coramythe s'est étendu à la Pyramide d'Orgonite qui se trouve dans un périmètre restreint puisque Jacques est votre voisin. Alors, convaincus par toutes ces explications ou est-ce trop dur à gober ?

Ces derniers temps, le seuil de tolérance au surnaturel d'Emma et Dan n'avait de cesse d'être repoussé. Mais, bien qu'ouverts d'esprit et obligés de reconnaître des événements extraordinaires lorsqu'ils les vivaient personnellement, ils n'étaient pas disposés à valider n'importe quel exposé sous prétexte qu'il comportait des référence vaguement historiques. Cependant, dans le doute et sans contre-argument à l'appui, ils hochèrent tous deux la tête, une fois encore impuissants devant les forces qui régissaient leur vie.

– J'imagine que vous brûlez d'envie de récupérer cette pierre que vous convoitez depuis si longtemps, supposa Emma. Venez chez nous dès que vous le souhaitez et on vous la remettra. Ce sera aussi l'occasion de revoir votre maison.

Éris allait répondre mais une voix essoufflée la fit se retourner :

– Maman… J'ai du mal à respirer, articula David avec difficulté.

Personne n'avait remarqué l'adolescent, qui se tenait derrière sa mère, pâle comme un linge.

– Je suis désolé mon chéri, répondit Éris en se relevant. Il était important que j'apporte quelques précisions à ces personnes qui ont œuvré pour te sauver. Je t'expliquerai quand tu seras rétabli. Rentrons maintenant.

Puis, se tournant vers Emma, Dan et Jacques, elle déclara :

– Merci pour tout. Et gardez la pierre. À trop courir après, je suis passée à côté de l'essentiel.

David, qui ne comprenait rien, s'efforça de sourire timidement. Avant que la mère et le fils ne s'en aillent, Jacques demanda, d'une voix chevrotante :

– Une petite prune un de ces quatre en tête-à-tête, ça vous tenterait ?

– Avec grand plaisir, répondit Éris, rayonnante.

Un peu plus tard, alors que le cruciverbiste et les deux amoureux rentraient chez eux dans un silence méditatif, Emma demanda soudain :

— Au fait, Jacques, pourquoi tu t'es mis à examiner le buffet avec autant d'intérêt tout à l'heure à un moment plutôt… inopportun ?

— Je voulais m'assurer d'une chose qui me turlupine depuis quelques temps… Mais ce n'est peut-être pas le moment de vous en parler. Vous avez eu votre lot d'émotions pour la journée.

Emma et Dan s'arrêtèrent net et, devant leur regard insistant, Jacques lâcha :

— Depuis votre arrivée à Atropos-sur-Léthé, nous connaissions tous les trois le dénouement de cette histoire.

Il ménagea encore un peu le suspense et poursuivit après s'être remis en marche :

— Lors de la vente de la maison, vous vous rappelez de mon interruption ?

Emma et Dan acquiescèrent bien que la question semblait plutôt rhétorique.

— J'ai d'abord mal lu les mots apparus dans la grille de mots-croisés puis je les ai ensuite interprétés selon un futur séjour au camping. J'ai eu tort. Les oracles ne me concernent jamais directement… Les termes étaient *tente*, *saison*, *sardine*, *insoutenable* et *rouiller*. Vous saisissez ? En entrant sous la tente, j'ai tout de suite reconnu Hector Maveliac dans son costume de sardine. Comment le rater… Avec Éris, nous avions compris que cet homme allait tuer son fils. On fait difficilement plus insoutenable. Il me restait à interpréter *saison* et *rouiller*. La tarte sur laquelle M. Maveliac a vaporisé du poisson n'était pas de saison et David l'a découpée avec un couteau rouillé. Il y a quelques jours, tu as évoqué une aventure digne d'un roman de la Bibliothèque Verte, Emma. Avec ce dénouement, on est en plein dedans... Tiens. Nous voilà arrivés devant ma caravane. Sur cette révélation inattendue, je vais vous laisser. Je dois faire le ménage, laver mes vêtements et me raser. J'ai bientôt rencard avec Éris, saquerlotte !

DIX-HUIT
(FLASHFORWARD)

Dans son costume cintré, Dan se cramponnait au garde-fou du pont en fumant un *cigarillo*. Au loin, une Armoire à Glace se promenait au bras d'un frêle adolescent. Perchée sur la rambarde à moitié fêlée, Emma croquait le paysage à la manière de Jackson Pollock.

— Le monde est dingue, murmura Dan pour lui-même.

Emma vacilla soudainement comme si une force invisible tentait de la déséquilibrer. Puis, elle fondit en larmes.

— Qu'est-ce qu'il se passe mon amour ? s'affola Dan en la serrant dans ses bras.

Emma aimait qu'il l'enlace. Son geste ne cherchait pas à paraître protecteur : il était trop spontané pour viser un quelconque effet. Dan ne s'imposait pas mais ne s'effaçait pas non plus. Il savait juste être là, à l'instant T. Ce matin, Emma avait découvert l'ourson en guimauve glissé sous son oreiller. À travers ce geste, Dan lui signifiait qu'il avait remarqué qu'elle était préoccupée depuis quelques temps mais qu'il la laissait venir à lui si elle en ressentait le besoin. Cette petite friandise permettait au couple d'ouvrir la porte au dialogue sans le forcer. L'un comme l'autre mettaient un point d'honneur à respecter les états d'âme de chacun, à soutenir leur partenaire dans son cheminement qu'il soit intérieur ou partagé. Emma était restée mutique jusqu'ici, intériorisant ses doutes qui avaient maintenant besoin d'être exprimés verbalement, portés à la connaissance de Dan.

— Je suis heureuse, Dan, ne t'en fais pas. Mais je n'en peux plus de toute cette violence. Je dois être bien naïve, au fond, mais je rêve d'un monde meilleur. Tu me trouves cliché, n'est-ce pas ?

— Comment tu peux penser ça ? Tu t'inquiètes pour notre enfant car, même dans ton ventre, c'est déjà une personne à part entière qui occupe ton cœur et tes pensées.

— Mais… Comment t'es au courant ?

— Il m'arrive parfois de vider la poubelle de la salle de bains, tu sais. Et on ne peut pas dire que tu aies fait grand-chose pour cacher ton test de grossesse…

Et, malgré le ciel vert absinthe qui pesait de tout son poids sur leurs épaules fragiles, ils éclatèrent de rire puis s'embrassèrent tendrement.

GÉNÉRIQUE DE FIN

Fondus enchaînés	Voix-off
Une Pyramide d'Orgonite qui lévite	*Atropos-sur-Léthé en plein automne.*
Des notes de musique sur une pierre	*Une cité où toujours le tonnerre tonne.*
Un homme qui porte un spray à sa bouche	*Et pourtant, sous des cieux vert absinthe, d'abîmes comblés en braises éteintes, sur un fil les émotions cheminent sous les yeux de l'Amour qui les domine.*
Une tarte aux fruits rouges qui explose	
Un costume de sardine qui gît sur le sol	

.

BONUS

SCÈNE ALTERNATIVE
SCÈNE COUPÉE
INTERVIEW D'EMMA

SCÈNE ALTERNATIVE

**refusée par Dʳ Bertrand Maribas Jr.
pour une raison inconnue**

SEIZE

[…]

Tout à coup, les lumières s'éteignirent dans la halle qui ne fut plus qu'éclairée à la bougie. Un groupe de ménestrels, qui s'était installé pendant qu'Emma et Dan conversaient avec la folle, entama une pastourelle.

– Vous venez danser ? demanda la trouvère

Emma ôta ses chaussures, Dan haussa les épaules et tous les trois allèrent se mêler à la foule qui se trémoussait déjà au rythme de la guiterne et du frestel. La musique était si envoûtante que le jeune couple préféra mettre son enquête entre parenthèses et profiter de l'ambiance qui – quoi qu'ils en pensent – collait parfaitement à leur personnalité truculente. Alors que les troubadours entonnaient *Voici venir Dame Gironde,* le tavernier qu'Emma et Dan avaient pris, de loin, pour un aveugle s'approcha d'eux et, de ses globes oculaires laiteux, fixa intensément la poitrine d'Emma.

– Jacques, c'est bien toi ? s'exclama Dan.

L'homme ne sembla pas l'entendre. Était-ce la musique qui était trop forte ou sa contemplation trop profonde ? Pour le faire réagir, Emma s'accroupit pour qu'à la place de ses seins le tavernier ait maintenant son visage dans son champ de vision.

– Oui, c'est bien moi, répondit enfin Jacques, désenvoûté. Je suis ici incognito. J'ai eu cette idée juste avant de venir, c'est pourquoi je n'ai pas pu vous en parler avant. J'ai acheté en quatrième vitesse ces lentilles blanches pour me faire passer pour une personne malvoyante. Comme ça, je peux aborder Hector Maveliac sans attirer l'attention.

– Tu trouves vraiment que cet artifice grossier te rend discret ? lâcha Emma, sidérée.

– On voit vraiment que je ne suis pas malvoyant ? demanda Jacques, déçu, en regardant alternativement Dan puis Emma.

– Même en passant sur cette aisance que tu as à te déplacer au milieu de la foule, garder tes lunettes me semble peu crédible et c'est un euphémisme… pouffa Dan.

Jacques porta la main à son visage et se rendit compte de sa boulette.

– Et en plus, ce sont mes lunettes du matin… Mon plan tombe à l'eau, donc. Trouvons une autre solution.

– Avant de réfléchir à un moyen d'aborder Hector Maveliac, il faudrait déjà savoir où il se trouve, précisa Emma.

– De ce côté-là, j'ai pris de l'avance, déclara Jacques, d'un ton fier, en indiquant un homme à l'autre bout du buffet en costume de sardine qui discutait avec un adolescent baraqué. Dan sortit la photo que Jacques lui avait remis et, bien que le déguisement masquait une partie de son visage, il reconnut immédiatement Hector Maveliac.

– Bon, alors, comment on fait ?

[…]

SCÈNE COUPÉE

**Quelques mois après
le dénouement de notre histoire...**

Dan remplissait une grille de mots-croisés, agenouillé sur le tapis oriental, sur lequel un diffuseur sans fil crachait des volutes de fumée au parfum de Niaouli. Emma, assise sur son *Swiss Ball*, défiait les lois de l'équilibre en faisant des cercles avec son bassin tout en jouant de la guitare malgré son ventre déjà bien arrondi. Tandis qu'elle pinçait quelques cordes, Emma chuchotait des mots presque inaudibles en direction de son nombril. Ces douces paroles firent sourire Dan qui reboucha son crayon, s'approcha de son amoureuse et posa les mains sur ses genoux.

DAN
Tu te lèves la nuit,
je t'entends lui parler.

EMMA
Tout ce que je lui dis ne peut être expliqué.
Plus que de simples mots, ce sont des avalanches.
Au diable les rondeaux, je préfère quand ça flanche.

EMMA ET DAN
Et nous nous baladons sur les chemins sinueux
d'un tableau céladon qui n'appartient qu'à nous deux.

DAN
Parfois tes lèvres vibrent
mais aucun son ne sort.

EMMA
Nos échanges sont libres et nos silences d'or.
Plus que de simples sons, ce sont des tsunamis.
Au diable les blasons, j'élis l'origami.

EMMA ET DAN
Et nous nous baladons sur les chemins sinueux
d'un tableau céladon qui n'appartient qu'à nous deux.

DAN
Quand tu fermes les yeux
en caressant ton ventre...

EMMA
...ça devient merveilleux lorsque tout se concentre :
nos dialogues en rafales qui voguent triomphales,
nos débats en bourrasques qui s'abattent fantasques.

EMMA ET DAN
Et nous nous baladons sur les chemins sinueux
d'un tableau céladon qui n'appartient qu'à nous deux.

Emma posa sa guitare et Dan colla sa joue contre le ventre de son amoureuse. Dehors, les premières neiges dansaient sous un ciel vert absinthe.

INTERVIEW D'EMMA

parue dans l'Hebdo(sauce)madaire

C'est dans une pièce immaculée comme une page blanche que nous rencontrons Emma, l'une des protagonistes du roman *Sous des cieux vert absinthe*.

L'HEBDO – Avant de commencer cette *interview,* pouvez-vous nous donner des précisions quant à l'absence de Dan que nous attendions pourtant aujourd'hui ?

EMMA – Malheureusement, lors d'une séance d'écriture poétique où Dan s'est attelé au dérèglement de tous ses sens, il a avalé une grande quantité de cire de bougie et il n'a toujours pas recouvré l'usage de sa voix à l'heure actuelle.

L'HEBDO – Pourtant, un personnage de roman n'a pas de voix… C'est par écrit qu'il s'exprime.

EMMA – Par la voix (*sic*) de l'écrit, oui.

(Long silence)

L'HEBDO – Commençons alors avec cette question : présentez-vous en quelques mots.

EMMA – Ce n'est pas une question mais plutôt une injonction. Peu importe. Dans ce roman, je suis Emma. Le lecteur me voit plus comme la moitié du couple que je forme avec Dan que comme un personnage indépendant. Il faut dire que Dan et moi sommes habitués à travailler ensemble. Nous nous sommes rencontrés pour la première fois en mille-neuf-cent-vingt-huit dans le roman *Histoire de l'œil* de Georges Bataille – qui se faisait appeler Lord Auch à ce moment-là – sous les traits de Simone et du narrateur. Puis, en mille-neuf-cent-quarante-sept, dans *L'Écume des jours* de Boris Vian en tant que Chloé et Colin et, plus récemment en mille-neuf-cent-quatre-vingt-quatorze, dans *La fin du vandalisme* de Tom Drury à travers Louise et… Dan. En deux-mille-vingt, Jean Yanaudel nous a contactés pour son premier livre, *Maribas ou les balles bondissantes*, et c'était une volonté de notre part de faire partie d'une série B, d'un roman anecdotique qui ne fera pas date dans l'Histoire de la Littérature car nous avions besoin de souffler un peu. Nous avons récidivé cette année avec *Sous des cieux vert absinthe* par pitié pour l'auteur qui n'avait pas le courage de mettre en scène un nouveau couple de personnages.

L'HEBDO – Vous ne vous êtes pas vraiment présentée…

EMMA – Quel portrait attendez-vous que je dresse ? Je ne sais rien de plus que ce que vous venez de lire. Je ne connais pas mon métier. Vaguement mes passions. Je sais que, dans votre tête, je suis plutôt grande, fine, blonde aux yeux bleus alors que la personne qui lit cette *interview* en ce moment m'imagine peut-être petite, charpentée, brune aux yeux verts.

L'HEBDO – Pourquoi refuser aux lecteurs un portrait moral et physique plus précis ? Par paresse ? Par incompétence ? Par mépris pour le lectorat ?

EMMA – L'intention de l'auteur n'appartient qu'à lui… Ce n'est pas à moi de répondre.

L'HEBDO – Puisque c'est vous qu'il a décidé d'envoyer lâchement à sa place, tâchez de nous éclairer un peu plus à ce sujet… Jean Yanaudel écrit et c'est bien. Il doit avoir un bon stylo. Mais, de son encre, le sens ne jaillit pas spontanément. En tant que lecteur, j'ai le droit de connaître l'intention du roman. Alors ? Quel message véhicule-t-il ?

EMMA – Pourquoi lisez-vous ses textes s'ils ne vous plaisent pas ?

L'HEBDO – Oh, si, si, ils me plaisent ! Mais j'aimerais bien pouvoir les expliquer à mes amis quand ils me demandent de les résumer.

EMMA – Dites-leur que l'auteur écrit des monochromes. Devant un monochrome, les interprétations sont infinies. Vos amis n'ont qu'à choisir celle qui leur plaît, qui les rassure quant à leur capacité à briller en société.

L'HEBDO – Il faut beaucoup de couches d'intox pour peindre une toile d'une seule couleur.

EMMA – Je dirais plutôt qu'il faut que le mépris de l'artiste réponde à l'étroitesse d'esprit du spectateur.

L'HEBDO – Mais Jean Yanaudel écrit… Ce n'est pas pareil. Alors, ce sens ?

EMMA – Êtes-vous exégète ?

L'HEBDO – Non. Je suis Eugène.

EMMA – Comme quoi, tous les Eugène ne sont pas eugénistes.

(*Long silence*)

L'HEBDO – Vous voulez vraiment laisser le lectorat sur cette dernière impression ? L'idée qu'on se moque de lui ? Qu'on le snobe ? Finir sur cette note pompeuse pour lui donner l'occasion d'écrire quelque chose comme : « le roman est correct mais l'*interview* en fin d'ouvrage est inutile et prétentieuse » ? Vous avez conscience que ce petit exercice de style auto-centré ressemble fort à un sabordage ?

(Emma saute par le hublot et disparaît au milieu de l'océan, frétillant comme un poisson dans l'eau.)

REMERCIEMENTS

À Constance De Smet, première lectrice de ce texte, pour son avis constructif.

À Elizabeth Pianon pour sa bienveillance, ses encouragements ainsi que nos échanges autour de la littérature et de la rénovation. (« *Ah ! Les niveaux et les angles droits !* »)

À Audrey Levy pour son enthousiasme et sa passion. Grâce à elle, ma PAL compte maintenant une centaine de titres supplémentaires...

À Manon pour ce supplément d'humanité qui infuse dans le livre comme dans ma propre vie, à présent pleine de romarins.

À celles et ceux qui ont lu *Maribas*, même en diagonale, et m'ont convaincu que mes textes pouvaient trouver leur public.

À celle qui supporte cette nouvelle lubie sans sourciller et qui aurait pu s'appeler Emma.

© 2021 – Jean Yanaudel
Édition : BoD – Books on Demand,
12/14 rond-point des Champs-Élysées, 75008 Paris
Impression : BoD – Books on Demand, Norderstedt,
Allemagne

ISBN : 9782322397914

Dépôt légal : octobre 2021